せっちゃんのアメリカ滞在日記

サンフランシスコ生活17年

田渕節子
TABUCHI SETSUKO

幻冬舎MC

せっちゃんのアメリカ滞在日記

サンフランシスコ生活17年

はじめに

夫である田渕保夫（１９４７年4月13日誕生）は若年性アルツハイマー型認知症により、２０１７年2月8日、69歳10か月で死亡しました。生前、二人で「僕達の経験は誰でもできるものではないので、いつか本にしてみたいね」と話していました。保夫さんは日本外国特派員協会やカールツァイス株式会社で働いた経験があります。バンク・オブ・アメリカ東京支店やサンフランシスコ本店での経験は、日本の職場では考えられないことも多々あるので、それを書いてみたいとの思いがあったのだと思います。

私は、日本とアメリカの子育ての違いや生活の様子を書いてみたいと思っていました。渡米する前の私は、アメリカでの子育てや生活に役立つ情報を得ようと、いろいろな本を探していたので、私達夫婦の経験はきっと海外生活をする方々の参考になり、また、広く役に立つに違いないとの思いからです。

多くの方々と出会い、助けていただいたことも、「本にすることによって、また、私達の生活ぶりをお知らせすることによって、感謝の気持ちを表すことができるのではないか」と思っていました。

本を出すとなると、「プライバシーをどこまでさらけ出すか」ということにも気を使います。ただ、真実を曲げることなく正しく伝え、ギリギリのところまで自分をさらけ出さなければ説得力が薄れてしまうだろうとも思い、なかなか一歩が踏み出せませんでした。私生活においても、夫の死、移住計画の頓挫、パートナーの出現、シニア住宅への転居などがあり、この6年間大きな変化に見舞われました。

そんな中、アメリカ移住を決意した2016年頃、公益社団法人「認知症の人と家族の会」東京都支部の世話人の一人のSさんが出版を勧めてくださいました。というのも、私は、所属する「認知症の人と家族の会」の富山県支部「笹川合宿」の年2回（春と秋）の合宿に参加していました。そんな中で事務局長の勝田登志子さんが声をかけてくださり、毎月発行の会報『ぽ〜れぽ〜れ』（スワヒリ語でゆっくり、やさしく、おだやかに）富山県支部版に私のエッセイを載せていただいていました。それを見たSさんが「田渕さん、これだけたくさん書いたのだから本にしてみましょうよ」と言ってくださったのです。彼女は出版社勤務の経験があり、自身の本も出されました。私も今まで備忘録として書き溜めた文章を本にしたいと望むようになりました。

自費出版を考えいろいろ調べている中で、幻冬舎ルネッサンスの担当者が熱心に勧めてくださったので、「今がその時」と思い出版を決意しました。私も77歳の喜寿を迎え、記憶力、根気、気力、体力、判断力の衰えを感じています。早くしなければ、出会い、ふれあいのあった方々にも読んでいただけなくなるとの思いもありました。

幻冬舎は、「本を書くということは『人生の究極表現』である」と述べています。我が家の月めくり4月のカレンダーの言葉は「出会いというものほど人生の〝軸〟となることはありません」です。私の人生、「何と〝人〟に恵まれていることだろう」としみじみ感じながら、本書を始めさせていただきます。

目次

はじめに　3

序章　せっちゃん（私）について　9

第1章　結婚生活　27

第2章　充実したアメリカ生活
——息子達の学校生活、夫の仕事と私達の生活、
社交ダンスとの出会いからアルゼンチンタンゴへ　37

第3章　アメリカ生活破綻の兆し　61
第4章　若年性アルツハイマー型認知症との闘い　81
第5章　夫との別れ
——残された人生を前向きに楽しく生きるための模索　133
終章　出会った方々、〝人〟に恵まれた人生、
ミッションがある　175
あとがき　200

序章

せっちゃん（私）について

第一章からは私が当時書いた文章を紹介する形になるので、本章で、現在に至るまでの私の歩みをお伝えします。

誕生から高校まで

私は兄、私、妹、弟と続く4人兄弟の2番目として、昭和20年（1945年）の終戦から1か月後に、母の実家である福岡県瀬高町で生まれました。母は6人兄弟で、兄弟皆、九州帝国大学、東京帝国大学、お茶の水女子大学、福岡県立女子専門学校を卒業したエリート一家であること、姉が福岡県立女子専門学校の教授、兄が札幌鉄道病院長を務めたことが自慢でした。父は馬に乗った将校さんで、京都帝国大学在学中に高等文官試験を通り、その後陸軍に招聘され、その後高級官僚の道を歩みました。
記憶にあるのは、私が神奈川県久里浜、黒船上陸の地で幼稚園時代まで過ごしたこと、アメリカの兵隊さん達がチョコレートやキャンディーをくれたこと、久里浜の自宅で妹と弟が生まれたことです。父がしょいかごの中に妹や弟を入れて、一緒に近くの山に登って、薪になる木を運び、糞尿を畑の肥やしにして野菜を育てていました。そのおかげで、私は回虫をお腹の中に飼うことになり、お尻から長くて白いものが出てきた覚えがあります。汲み取り便所の頃です。

私が小学校1年生の時に、京王井の頭線沿いの東京都世田谷区に引っ越しました。私達家族の住んだ、父の勤め先の会計検査院の官舎では、父が庭にイチジク、梨、ブドウを育て、生きている鶏の首を絞めて食料にしてくれていました。ガスでお風呂が沸き、電話もついて、洗濯機もあり、井戸までありました。夏になると、スイカの好きな母はよくその井戸やお風呂にスイカを浮かべて冷やしていたものです。私生活に及ぼす影響のことを考えてか、テレビは周囲よりわざと少し遅れて設置していました。父はお酒が飲めず、趣味は麻雀とテニス、子煩悩でよく母を手伝っていました。おしゃれをしたい私に、「恥ずかしい格好はさせないから、勉強に集中しなさい」「医者や弁護士になったらいい」と言っていました。自分の子ども達は当然優秀で、子ども達を正しく指導するのが、父親である自分の役目と思っていたようです。テニスをしにわざわざ出かけなくてもと言いながら、「これも運動」と言って、家の廊下の雑巾がけをしていた姿が目に浮かびます。

先述したとおり両親は優秀だったので、育てられた子ども達は、親の期待を大きく感じながら育ちました。中学で良い成績をとれていた私は、当時、東大入学数で1、2を争う都立戸山高校に進学しましたが、男子対女子の比率が4対1ということもあって、学業では苦労し、バスケットボールの部活動で救われた思い出があります。ちなみに、バスケットボール部には中学、高校、短大と計8年間所属しました。

後に述べますが、私の二人の息子はアメリカで学校生活を送りました。そんな二人の姿を見ていると、自分の学生時代との大きな違いを実感し、私もそんな青春時代を過ごしたかったとの思いが拭いきれません。あの頃は『大草原の小さな家』『弁護士プレストン』というアメリカのテレビ番組を、憧れの気持ちで観ていました。『兼高かおる世界の旅』も家族でよく観ていました。

父の死と仕事

高校3年の1月13日の金曜日、ちょうど大学受験の頃、父は突然心筋梗塞で亡くなりました。前日はテニスをしていて、胸が痛むと早く帰宅していました。医者は「絶対安静」と言って、特に何もせず帰っていったそうです。当時はまだ珍しい病気だったので、今のようにはいかず悔やまれます。父は、１９４５年、長崎の原爆投下の翌日にその後始末に出かけており、それも早死にの原因になったのだと思います。寒い冬の日にもかかわらず、お葬式には長蛇の列ができました。バスでかけつけてくださった方々も大勢いたと聞いています。その時、いただいた「勲三等」は母へのご褒美だったと思います。

当時、大学進学まで目指す女子は多くありませんでした。私は父の死もあり、短大の英文科を受験し、日本航空株式会社のスチュワーデス（ＣＡ）を目指しました。身長が１５７センチと少し低かったのですが、中学校の教科書を読み直して準備した一般常識の入社試験で抜群の成績を収め、無事入社することができました。ただ、スチュワーデスになってもあまり愛想の良い方ではなかったので、チェッカーにはもっと笑顔でお客様と接するようにと言われていました。

ちょうど日本航空が世界一周線に就航する頃、４年近く海外の空を飛びました。それぞれの滞在地で何泊かできて、一流ホテルに泊まり、観光もショッピングもできるという恵まれた仕事でしたが、時差との戦いでもあり、体調を崩して退社しました。

その後うつ状態の時期が長く続きましたが、産経スカラシップでフランス留学中の兄の後を追って、ヨーロッパに向かいました。しかしそれでも体調は回復せず、日本に帰国後しばらくして、精神科の病院に入院することになりました。躁うつ病（双極性障害）と診断されたのです。医師の指導のもと、入院2か月目から工場に通って単純作業をし、退院後の職場（保険会社）が見つかると、3か月で退院しました。

保夫さんとの出会いと結婚生活

短大時代は都庁を始め、いろいろな職場でアルバイトを経験しましたが、結婚するまでは日本航空を含め4か所の職場で働きました。3か所目の日本コンベンションサービス株式会社（国際会議を援助する会社）で翻訳者として働いていたのが、勉強会の仲間の一人でもあり、後に夫となる保夫さんでした。

出会った当時、私は27歳、保夫さんは26歳でした。共に英語の勉強会に参加していましたが、保夫さんと私の英語力には大きな差がありました。英語のスピーチ・クラブ（トーストマスターズクラブ）のメンバーだった保夫さんは、アメリカ人に混ざり、互角の力を発揮できるようにと、緊張からくる腹痛をものともせずに頑張っていました。アメリカの英文週刊ニュース紙『ＴＩＭＥ』を読み込んで熱心に勉強し、森先生の指導の下、実力をつけていたのです。

彼は栃木県黒磯市（現在の那須塩原市）から就職のため一人で上京し、知人のいない東京に出て生活していたため、十分な栄養が取れず、働きながら通っていた夜間の大学の体育のクラスで貧血を起こしたことがあります。デートの時は、手作りの栄養満点のお弁当を持参して、肩が凝ると言っていた保夫さんの肩をもんだりしたことを懐かしく思い出します。

そういえば、保夫さんが一人で生活していた時、息子の生活の様子を見に来たお義母さんが「保夫、帰ろう、帰ろう」と言って、参ったなあと振り返っていました。私は、高校時代にアメリカンフィールドサービス（ＡＦＳ）でアメリカに一年間留学したいと言った時、父が返事に窮していたのを思い出します。その時の父の気持ちが後になってよーくわかるようになりました。

1973年（昭和48年）10月、田渕保夫（26歳）と私（28歳になったばかり）は、麻布グリーン会館で結婚式を挙げました。

保夫さんは港区高輪に一人で住んでいたので、結婚後は、まずはそこで暮らしました。台所のガスコンロは一つ、お風呂は銭湯という生活でしたが、事務所で使うような大きなクーラーがあったのが救いでした。私が上智大学の国際部同窓会の仕事につくと、千代田区番町のお屋敷の離れに住むようになりました。保夫さんもアメリカ銀行東京支店勤務が始まりました。長男を身ごもった時、保夫さんの勤務先で海外転勤になった方がいて、その方の日本の持ち家に住んでみないかとの誘いがあったので、三鷹市大沢の一軒家で半年ほど暮らしました。

三鷹に住んでいる時に、池ノ上産婦人科で出産しましたが、30歳の高齢ということもあり、36時間近くかかる難産でした。もうお産はこりごりと思ったものです。

育児は寮母をしている母に手伝ってもらいました。子どもをおんぶしてよく母の所へ出かけたものです。家の持ち主が急に帰国するということで、妹一家の空部屋になっている江東区のマンションに引っ越しました。そしてアメリカ銀行の融資を受けて、1年後に千葉県市川市にマンションを購入することができました。そこで次男を身ごもり、聖路加国際病院で出産しました。3650グラムという大きい子でしたので、これまた難産でした。大きな私の叫ぶ声が、廊下を挟んだ隣の部屋まで届いたそうです。市川市のマンションに5年ほど住むと、私の母とも同居できるようにと願って、浦安市の一軒家に移りました。長男7歳、次男2歳でした。そこで結婚10周年を迎え、友人や保夫さんの銀行仲間を呼んだり、また、別の機会に上智大学のニッセル神父様の還暦祝いも兼ねて上智大の仲間とお祝いをしました。

海外での生活

浦安市の新居に5年ほど住んだ後、バンク・オブ・アメリカサンフランシスコ本店勤務の話が持ち上がりました。1987年7月4日、アメリカ独立記念日に保夫さんは本店勤務を果たし、家族でアメリカに引っ越すことになりました。

家族が、新しい環境や〝外国人〟に慣れて周囲にスムーズに溶け込めるまではいろいろ大変でしたが、それは通らなければならない道で、今は懐かしく思い出しています。

生活に慣れてきた頃、コミュニティーを通じて「社交ダンス」に出会い、「バイセンテクラブ」という名門社交ダンスクラブの会員になることができました。その後次第に、そのクラブの仲間の4カップルと一緒にアルゼンチンタンゴに移行していきました。タンゴは一度はまると抜け出せなくなるほど魅力的と言われていますが、私達もそれから10年近く、タンゴを楽しむことになりました。

1998年、バンク・オブ・アメリカがネーションズ・バンクと合併することになり、当時大問題になりました。世界一大きな銀行がたいして大きくもない銀行にまんまとだまされたというのが私の認識です。本店勤務の人達は一掃され、保夫さんもサンフランシスコが本店のユニオン・バンクに仲間と一緒に勤務することになりました。仕事内容も次第に大きく変わり、企業分析（企業の信用調査）の仕事から仲間内を監視するような監査の仕事に移っていきました。今まで手助けしてくれていた女性上司とも別れなければならなくなり、心理的にも限界を感じて、退職したいと私に訴えました。

これからどうする?と話し合い、保夫さんの希望で、翻訳をしながら訪れたことのあるアルゼンチンで、タンゴを楽しみながら暮らすということになりました。タンゴの先生方の推薦状をもらったり、現地のコネを探したりして大変でしたが、保夫さんの気持ちは変わりませんでした。タンゴ仲間は送別会を開いてくれました。保夫さんは2度目、私は3度目のブエノスアイレスへの旅立ちでした。愛犬ボスを連れての旅でしたので、飛行時間がとても長く、長時間おしっこのできなかったボス君が、地上に降りるとびっくりするくらい長い間片足をあげていたのを思い出します。

アルゼンチンでは、タンゴ発祥地のボエドのマンション（有名なタンゴダンサーが所有）で5か月暮らしました。スペイン語のクラスに通ったり、ムービートラックで外国人8名と一緒にチリを訪れ、なかなか見ることのできない塩湖やマイマラという貧しい村を訪れたりしました。それが一番二人にとって忘れがたいアルゼンチンでの思い出となりました。

　しかし、ここで生活していくうちに、私は保夫さんの異変にはっきりと気づきました。あんなに方向感覚がいいのに、よく迷うのです。犬の散歩に一人で出る時は、無事帰ってこれるのかと本当に心配したものです。ある日、私にエアメールのスペルを尋ねた時は、さすがに血の気の引く思いがしました。正式な長期アルゼンチン滞在許可を手にした時には、私はすでに日本帰国を決意していました。私には双極性障害があり、ハイの状態で細かく大変な手続きを大急ぎで済ますと、急降下のうつ状態に陥りました。息子達に相談もせずに、ボスと保夫さんを連れて一目散に日本に帰国しました。その大変なこと。私は口もきけず、言葉もろくに出ず、げっそりやつれていました。

帰国、介護生活と再出発

保夫さんの実家のある那須塩原市には新築に近い私達の持ち家があるので、何とかなるだろうとの思いで、帰国しました。いろいろあって、そこにはすぐ住むことはできませんでしたが、その間、宇都宮の獨協医科大学病院で保夫さんの検査をしてもらい、結果、軽度認知障害（ＭＣＩ）と診断されました。新幹線通勤で、保夫さんは元同僚達と東京の外資系銀行で働くことになり、張り切っていました。

私の状態はあまり良くならず、再び犬を連れて懐かしいアメリカの我が家に戻りました。次男が、私の不調や変化（新車を購入しても、嬉しがらず、あまり乗ろうともしないなど）を気にして保夫さんに何度も連絡してくれたおかげで、保夫さんの上司が2か月休暇をくれて、私を東京に呼び戻すように計らってくれました。労働条件の契約書まで作ってくれました。私は再び東京に戻る決心をしましたが、愛犬ボスの養子先探しや、引っ越しの準備はほとんど私に任されていました。保夫さんの運転もあぶなっかしくてなるべく乗らないようにしていました。私が日本に正式に帰国（？）したのは2006年でしょうか。妹の手助けのおかげで不自由な生活から抜け出し、次男のおかげでアメリカの自宅を売り、そのお金で江東区のマンションを買うことができました。保夫さんは定年まで外資系の銀行の東京支店で働くことができました。今思い出しても、綱渡りの生活ぶりでした。

その間、妹の手助けで社会福祉法人三井記念病院の精神科に二人ともお世話になることになりました。保夫さんはすでに認知症の初期でした。私は先生の薬で次第に調子を取り戻していきました。

保夫さんとの死別は平成29年（2017年）2月8日です。その後、アメリカに住む次男一家が「大きな家に移り住むから一緒に住んでもいいよ」と誘ってくれました。ただ、一度放棄したグリーンカードの再取得は困難を極め、2年2か月後にようやく取れても時代の流れが大きく変わり、コロナの影響もあったので、結局移住は諦めざるを得ませんでした。

10年近くの介護の生活が終わり、保夫さんが亡くなってから3年目の2020年4

月に家の近くの英語学校で将来のパートナーと出会い、お付き合いを始めたのは２０２１年３月からでした。

新しい場所で再出発をしたいと、とても気に入っていたマンションを売りに出し、ちょうど目にした新聞広告のシニア向け分譲住宅に越してきました。安心、安全、快適なマンション暮らしです。10か月後、パートナーは江東区から私の住むシニア向け住宅のすぐ近くに越してきてくれました。知能のＩＱだけでなく感情面のＥＱも高いので、老後を共に過ごすには「願ったり、かなったり」のパートナーです。

「人生には上り坂、下り坂、まさかがある」といわれています。私は運命とか偶然、自分の力ではどうにもならないことを〝神様〟のせいにしていますが、英語にはこんな表現があるとタンゴの仲間が教えてくれました。

A coincidence is God's way of remaining anonymous.

これはアインシュタイン博士が相対性理論を思いついた時の有名な言葉です。ふとした偶然で思いついた発見が、意図したわけではなかった、神の計らいだったことを述べたものです。

何度も大きな困難に出会いながらも、何とかそれを乗り越えてこられたのは、目には見えない神様の計らいのおかげだと思います。いい〝人々〟に出会い、心の支えにして生きてこれました。私には、そして私達家族には、それぞれのミッションがあると思えてなりません。こうして本を出すことにより、生きることの勇気と希望を、少しでも、〝誰かさん〟に与えることができたなら、心底嬉しく思います。

第一章以降は、その時々に私が感じていたことをできるだけリアルにお伝えしたいと思い、生活の中で書き溜めたエッセイをあえて当時の記述のまま書き記します。時系列がバラバラだったり重複している箇所もありますが、少しでも、同じような境遇にいる方の力になれたら幸いです。

第1章

結婚生活

「手鍋提げても」の結婚生活スタート　――１９７３年10月18日

結婚して最初の住まいは港区高輪でした。以来保夫さんが亡くなるまで16回の引っ越しがありました。

当初暮らしていた港区高輪清正公前の家はお風呂がなくて、調理コンロは一つという狭～い所でした。銭湯ではいつも待ち合わせていました。今は跡形もなく、ビルが建っています。

保夫さんが明治学院大学社会学部を卒業した時、就職先のお世話を頼みに、私の父の親友を二人で訪ねました。英語が得意で海外勤務もオーケーと伝えると、アメリカ銀行東京支店を紹介してくださいました。いつかサンフランシスコの本店で働けたらと二人の夢は膨らんでいました。

私は結婚前、客室乗務員の頃、サンフランシスコが大好きでした。アメリカ銀行の本店ビルは、映画『タワーリング・インフェルノ』（当時珍しかった、高層ビルの火事を扱った１９７４年の米作品）の撮影現場になりました。それを見上げて、こんな素敵なビルに勤める人の奥さんになれたら素敵だなーと思っていたのです。十数年後、それが現実になるとは何とも不思議な運命です。

当時の私は四谷の上智大学の国際広報部で今は亡きニッセル神父様の下、アルムナイ（同窓会）の仕事をしていました。具体的には、主に、国際部の資金集め目的でインターナショナルボール（舞踏会）を開くため、タイやフィリピンの大使館と連絡を取る仕事をしていました。保夫さんは上智大学に勤める私を気遣い住まいを探してくれました。そして、千代田区番町の議員さんの屋敷の一角にあるお風呂のついた離れの一室に、ちょうど運よく移り住むことができたのです。

入行後の保夫さんは実力が認められ、世界中の同じ銀行仲間と一緒にフィリピンのバギオ、タイのバンコクで、ハーバード大学教授の研修を東京支店代表で受けていました。また、家のローンの配慮を特別にしてもらったので、千葉県市川市南行徳のマンションに5年住み、その後浦安市の戸建てに移り住むことができました。家のすぐ近くにあるテーマパークを訪れては息子達と終日遊び回り、幸せで満足な家庭生活を送っていました。

話は少しさかのぼりますが、三鷹に住んで母の所に通っていた頃、生まれたばかりの長男をおんぶしながら、近くの本屋さんで子育ての本を片っ端から手にし、その中の大妻女子大学教授の平井信義先生の子育て論に深い感銘を受けていました。そして、日経新聞や朝日新聞で度々紹介される、今は亡き平井信義先生が顧問の「親業（おやぎょう）訓練協会」に出会い、そのインストラクターになりました。

渡米直前には、ＮＨＫ番組『おはようジャーナル』、自民党女性局機関誌『りぶる』の取材を受けました。そこで長男は、「お母さんは親業訓練講座を受けるようになってからとても変わった」と語っていました。私は、当時とてもはやっていたＴＶゲームを家ではさせなかったのですが、話し合ってルールを決めてから「許す」ようになりました。

転居の数では負けません　――2018年8月15日

結婚以来16回目の引っ越しの末の現在の住居です。その間カリフォルニアの家を含め5件の家の売買をしました。

港区高輪、千代田区、三鷹市、江東区、市川市、浦安市、サンフランシスコ市郊外（ラフィエット2か所）、浦安市2か所、サンフランシスコ市郊外（ウォールナットクリーク）、アルゼンチン（ボエド）、那須塩原市3か所、江東区、そして現在の江東区新砂町です。これだけの家を移るのにはそれなりの事情がありました。

三鷹市で長男が生まれ、市川市で次男が生まれました。結婚するまで私は世田谷区、保夫さんの実家は栃木県でした。その後保夫さんは一人で上京して世田谷区、港区に住みました。二人が知り合ったのは日本コンベンションサービス株式会社で保夫さんが翻訳者、私が社長秘書として働いていた時でした。今から半世紀以上も前のことです。最後の外国、アルゼンチンにはたった5か月しか滞在していませんでしたが、ブエノスアイレスで秘境を巡るムービートラックに乗り、フランス人夫婦、ドイツ人、デンマーク人、アルゼンチン人達、計8人でマイマラ（アルゼンチン北部フフイ州）や塩湖などを巡った旅は忘れられない思い出です。

さて、現在のマンション住まいは15年になります。立地条件は申し分なく、眺望も「江東区一番よ！」と自慢するほど。千葉県房総半島、葛西臨海公園、東京湾に浮かぶ船、夢の島、東京辰巳国際水泳場、レインボーブリッジ、羽田に離着陸する飛行機、豊洲、東京タワー、聖路加国際病院、佃島のビル群、東京方面、東京スカイツリー、両国国技館、筑波山まで見ることができます。おまけに免震住宅で東日本大震災では棚の物が落ちることなく済みました。

保夫さんが亡くなって1年半、私自身の生活もすっかりリズムができて、それなりに都会生活を満喫できている状態になりました。でも、でもです。次男から「地価がものすごく値上がりしたサンフランシスコ郊外を離れて、他州（未定）の大きな家に住むから、一緒に住んでもいいよ」と誘いを受けたのです。予想外でしたが、とても嬉しく思いました。

しつけ無用論（いじめと体罰）——1988年4月13日

賞と罰、アメとムチで自分より弱い者をコントロールしようとする「しつけ」にいいことはありません。幼児教育の専門家である、今は亡き平井信義先生の持論です。私が携わった親業（おやぎょう）、トマス・ゴードン博士のPET（親業訓練講座）では、親のあるべき姿について具体的な方法論を学びました。子どもを一人の人間としてとらえ、「ウィン・ウィン（親と子が双方とも満足する）」の関係が保たれるような方法を探ろうとするものです。

昔からこうも言われています。「親の言う通りにはしないが、親のする通りにする」「子どもは親の後ろ姿を見て学ぶ」。「親業は自分業」ということになります。親業は子どもとの「心の架け橋づくり」なのです。

サンフランシスコ郊外に住み、息子達を日本語補習校に通わせていた頃、一か月もたたないうちに「もう補習校には通わない」と言われ、困ったけれど少しほっとした経験があります。長男の友人が水の入ったバケツを持たされ、廊下に立たされていたというのです。また、小学校では罰として居残りさせられ、漢字をそれぞれ百回ずつ書くように言われたそうです。アメリカの中学校の作文でそれを書いたら「本当か？」と驚かれＡ＋の評価をもらいました。また、こんなこともありました。幼稚園では、飲み込んだスイカの種から芽が出てくると教えられ、すっかりスイカ嫌いになってしまったのです。先生の立場を利用し、体罰を与えればどんな結果を招くことになるのか、こんな初歩的なことも知らないで先生になったのかと思うと、怒りを通り越して悲しくなってしまいます。

息子達を通して経験したアメリカ生活の中では、一方的に先生や大人（権力者）の話を聞くのではなく、反対意見も含め自分の意見を述べることが、大いに歓迎されています。日本とのとても大きな違いです。

第2章

充実したアメリカ生活

――息子達の学校生活、夫の仕事と私達の生活、
社交ダンスとの出会いからアルゼンチンタンゴへ

私達家族の住んだラフィエット市 ――1987年8月～1991年7月

サンフランシスコ市内からベイブリッジを渡ると、オリンダ市、ラフィエット市、ウォールナット・クリーク市と続きます。中産階級の多い、理想的な環境のため、白人社会と言われています。

保夫さんは、バート（Bay Area Rapid Transit）と呼ばれている電車で市内のバンク・オブ・アメリカ本店に通っていました。本数の少ないバスに乗るために早朝歩いていると、曲がり角で大きな角の生えた鹿に出くわし、その鹿が驚いて後ろに飛び跳ねたことがありました。新聞には鹿が車のフロントガラスにぶつかったという記事も時々載るような所です。鹿が庭を走り抜けると「侵入された」と騒ぎます。トントンという音の正体がキツツキだったり、夜遅く犬の餌を食べに来たアライグマとガラス越しににらめっこしたりしました。ネズミのようなしっぽをもったオポッサムやリスに出会うことは珍しくありません。また、「ハミングバード（ハチドリ）」の餌である赤い水を窓際に吊り下げて、羽をふるわせて餌を吸い取る様子を眺めては心を慰めていました。今まで見たこともない美しい鳥でした。

ある日、侵入したスカンクが、我が家の愛犬キャンディーに驚き、顔に白いねばねばしたものを吹きかけたことがあります。強烈な臭いのするものです。トマトジュースで洗うとよいと聞き、用意して保夫さんの帰りを待っていたら、彼はあきれ返っていました。

「こんな臭いものをそのままにしておいたのか、キャンディーにはかわいそうなことをした」というのです。私は反省！

この我が家には、プールのある裏庭（バックヤード）、車2台用のガレージ、そして木登りのできる大きな木のある前庭（フロントヤード）がありました。息子達の通う学校への通路が目と鼻の先にあります。細い通路ですが、両脇には犬の乾いた糞が転がっていて、我が家では「うんちロード」と言っていました。

保夫さんは1987年7月4日の独立記念日に一足先に渡米して、この家を探してくれていました。「よくこんな所に家を見つけたわね！」と、同じ銀行仲間で現地採用のMさん夫婦は驚いていました。

子ども達の学校が始まるまでの約一か月は、慣れない環境で友人もいないため、現地の子と触れ合うことのできる機会を作ろうと、日本では敬遠していたビデオゲームのできるピザ店や、ラフィエット・リザバー（貯水湖）へよくドライブに連れて行きました。免許取りたての私の未熟な運転ではその辺の近場が限度です。保夫さんの休日にはジャッキー・チェンや『ベスト・キッド』（原題『The Karate Kid』）のようなアクションものの映画を見に行ったり、日本料理店でお寿司を食べたりして、カルチャーショックを和らげるようにしていました。

日本では家族揃って自転車で行動していました。保夫さんはアメリカで免許を取り初めて運転をすることになりました。保夫さんは渡米以来アメリカの『Business Week』を、熱心に赤線を引きながら、暇を見つけては読み込んでいました。彼の人並外れた英語力と努力と勇気が、アメリカ生活では不可欠だったと思います。

渡米約2年後の『おやぎょう』の機関紙に掲載された、「息子達とのふれあい」と題した保夫さんのエッセイを転載します。

（『おやぎょう』1989年6月1日発行36号より）

息子達とのふれあい　――1989年6月1日

私達がラフィエットの町に居を構えて1年9か月になる。この町はサンフランシスコの東約40キロメートルにあり、白人中心の緑豊かな住宅地で、日本人はほとんど住んでいない。我が家の息子達（長男12歳、次男7歳）が通う小学校と中学校では、日本人転校生の受け入れは今回が初めてとか。

限られた米国滞在を白人社会のまっただ中で体験してみようというのが、この町を選んだ動機だった。何せ隣近所が皆白人家庭の町なので、我が家の家族全員が短期間に急激な現地適応を迫られることになった。妻も慣れるまでに苦労があったが、息子達は更に大変だった。英語で話しかけられるのを怖がり、外出を嫌がったり、毎日派手な兄弟げんかが絶えなかったり、次男が軽い登校拒否になったりと、次から次に問題が発生し、妻ともども振り回される毎日だった。

そんな状態が毎日続くわけだから、親の方もイライラが募り、子どもの面倒を見るどころの心境ではなくなる。

海外生活とは何としんどいものか。しかし考えてみれば私達は恵まれている方で、私達とは比較にならないほど困難な状況の中で海外生活をしている人達も大勢いる。ましてやアメリカの中でも有数の自然環境に恵まれた地域であり、しかも親切な近所の人達と共に生活しているわけだから、贅沢は言えない。

現地適応の過渡期には、親と子のふれあいといった生易しいものではなくなる。お互いぎりぎりの感情のぶつかり合いになるので、親がどうもがいても一気に解決というわけにはいかない。現地に適応するには結局のところ時間が必要なわけで、親のできることといったら、その時間を早めるために手を打つことと、過渡期をできるだけ平穏に乗り切る方法を講じること、この二つしかない。子どもが現地適応するのに最も必要なのは友達を作ることだ。アメリカでは友達と遊ぶにも親の介添えが必要だ（相手の親の許可を取るとか、車で送り迎えすることなど）。この点息子達の要求に積極的に応じることで、友達作りに大いに効果があったと思う。また、国際電話で日本にいる元クラスメイトと自由に話をさせるとか、家族揃って毎週外食に出るとか、息子達の好きな映画を見に行くなど、息子達のニーズに積極的に応じることで、彼らのストレス解消に役立ったと思う。

今でも兄弟げんかはあるが、表情はずっと明るくなり、一年前の状態が嘘のよう。この頃は友達と遊ぶ約束も自分で全部やり、泊まりに行ったり来させたり、楽しく遊び回っている。どうやらうまく適応しているようだ。

今まで息子達のために相当時間を使ってきたのだから、これからは親の楽しみのために、少し時間を使えるようにしようと考えている。

息子の感想：（長男）来た当時は辛かったが、今はアメリカに来て良かったと思う。（次男）やっぱり日本に帰りたい。おじいさん、おばあさん、いとこ達もいるし……。


スランバー・パーティーもよく行っていました。息子達が友達の家に寝泊まりしたり、これらの友人が寝袋持参で我が家に泊まったりすることです。よその家庭を見たり、友達の両親と接したりできる機会は日本では少なく、息子達の成長にとても役立ったと感じています。事実、次男の小学校1年生からのバディ（buddy）とは生涯の友達になりました。次男と一緒に日本にも2度訪れ、彼の一家とは次男のアメリカンファミリーになりました。

カリフォルニアでの息子達の学校生活とアメリカの教育（渡米後約8年）――１９９５年9月

小学校6年生の長男と小学校1年生の次男が学校生活を送ったラフィエット市は、バートと呼ばれている電車でサンフランシスコから40分、中産階級の多い理想的な環境のため、カリフォルニアでも屈指の公立学校のある地域です。

私は息子達が通った小学校の1年生の国語（すなわち英語）のクラスで週1回2時間、担任のお手伝いを6年半の間続けています。次男の元担任で、ハワイ生まれの日系三世と結婚しているミセス・ヨシオカ（アメリカでは先生と呼ばず、名前の前にMr. Mrs. をつけます）は、小柄な白人で、全く日本語がわかりません。教室にある本棚にＰＥＴ（親業講座）やT.E.T.（『教師学講座――効果的な教師＝生徒関係の確立』トマス・ゴードン著、小学館、１９８５年）の本があるので尋ねてみると、教会で親業講座を開いていた経験があるそうです。そんな関係もあり、親しみと尊敬の気持ちをもってお手伝いができたことは、私にとって日本とカリフォルニアでの教育の仕方の違いを知る良い機会になりました。

ラフィエット市の小学校のすぐ裏手にあるプール付きの一軒家に住み始めたのは、今から8年前の夏休みでした。

9月になってアメリカの学校が始まると、息子2人はそれぞれ1年生、6年生として入学しました。6年生の長男は親しい友達と別れてきたのが辛く、「どうしてこんな所に連れてきたのだヨー」と地団駄を踏んで私を困らせました。しかし、学校が始まって2週間ぐらいたったちょうど私の誕生日に「お母さん、僕こっちの学校好きだ。連れてきてくれてありがとう」と言ってくれたことを今でもはっきりと覚えています。言葉はわからなくても、「Are you O.K?」と尋ねてくれ、何かと気配りしてくれる様子がわかるようです。それでも、心のプレッシャーは大変なもので、しばらくは微熱を出しながらの生活でした（かく言う私も便秘と円形脱毛症に悩まされていました）。

カリフォルニアでは大幅な教育予算の削減がありました。しかし、息子達のように英語が第二外国語で、英語教育を必要とする生徒がいない小学校では、リーディングの担当の先生が毎朝15分程度時間を割いて、個人的に面倒を見てくれていました。長男は積極的に英語の勉強をしていたようです。それだけでは十分でないと、保夫さんの勤めているバンク・オブ・アメリカがベルリッツ（英語学校）から先生を派遣してくれました。学校の教室の一部を借りて、二人とも別々に毎週1時間ほどレッスンを受けられるようになりました。このように必要に応じて、事情の許す限り温かい協力をしていただきました。

次男は1年生の初めからですし、また、一週間に一度はお手伝いを兼ねて私も教室に顔を出していたので、担任の先生とも連絡が取りやすく、あまり心配しなくてもいいと思っていましたが、私が教室に入るといつもまとわりつき離れようとしません。普段も落ち着きがなく、うろうろ教室の中を動き回る様子です。英語の個人レッスンでも身が入らず、先生方も困っていたようでした。

そうこうしているうちに学校から連絡があり、学習障害児かどうか日本語のわかるカウンセラーをつけて調べてくれることになりました。入念な調査が全て公費でまかなわれ、カウンセリングが終わると、私達夫婦、担任、カウンセラー、校長先生まで交えて会合を開いてくれました。調査の結果、問題はなく、異文化に接する時の不適応反応であり、知能は平均以上なので時間をかけて温かい目で見て接していくようにすればいいということになり、皆納得しました。私達は初めから結果を予測していましたが、一人一人に丁寧に対応してくれるアメリカの教育に目を見張る思いでした。

先生方の大らかで、ゆとりのある態度には感心させられることが度々ありました。校長先生の名前はベン・ショー。日本式に姓名の順にするとショー・ベン。ショーベンじゃないかと息子達は親しみを込めてそう言っていました。そのショーベン校長先生は朝や午後の、父母による子ども達の送迎時間には、必ず校長室から出て廊下に立ち、父母と立ち話をしたり、子ども達に話しかけたりしています。次男が体の具合が悪い時には校長先生自ら息子を家まで送り届けることを申し出てくれ、日本では考えられないと驚いたこともありました。

また、次男についてはこんなエピソードもあります。

次男は初めて学校に行った時しっかり私の手を握っており、私は教室に残るように約束させられました。担任の先生にその事情を話したら、私に帰るようにいいます。家も近いですし、彼女に次男を託して帰ることにしました。その日帰宅すると次男が「お腹が痛い時は英語で何というの？」と尋ねてきます。おや？とは思いましたが、簡単に覚えやすく「ストマック・エイク」とだけ言ってごらんと教えたのです。次男にとって初めて必要に迫られ積極的に覚えた英語でした。翌日、早速使ってみたのか、私が学校に呼び出され、息子を連れて帰ることになりました。「通じた、通じた」と喜び、私と手をつないで帰宅することが何度かありましたが、家ではお腹の痛い様子は見えません。ある日先生に「お腹が痛いと言って度々家に帰るが、家での様子はどうですか？」と尋ねられたので、「確かに痛むのでしょうが、家では何ともないので、精神的なものだと思います」と答えました。

しばらくすると次男は「頭が痛いって英語で何というの？」と聞いてきました。ハハーンと思いましたが、今回も「ヘッデイク」とだけ教えました。翌日早速試してみたようです。家に着くと「今日学校でヘッデイクと言ったのにミセス・ヨシオカはナイス・ジョークと言って家に帰してくれなかったよ」というのです。「そう」と返事をすると、私は不憫やら可笑しいやら、また先生の対応に感心するやらで、涙を流しながらお腹を抱えて密かに笑いこけたのでした。

20名前後のクラスのため、先生の目もよく行き届き、息子が風邪を引いて具合の悪い時にはちゃんと見ていてくださり、息子の帰宅を許すのです。何かあるとすぐ学校から電話がかかり呼び出されるので、しばらくは家で待機する日が続きました。

今ではその次男も15歳、ハイスクールの1年生で、かつての面影は微塵もなく、心身ともに大きく逞しくなっています。髪の毛を金髪に染め、ロックミュージック、エレキギター、アメリカンフットボール、スノーボードが大好きなアメリカンと言った趣です。

そんな経緯もあり、6年半もの長い間ボランティアとして1年生のクラスでお手伝いを続けています。

先生が教室を所有しているアメリカでは、受け持つ学年はいつも変わりません。1年生が可愛いらしいのは万国共通で、次男がこんな小さい時に私達のここでの生活が始まったのだと思いながらお手伝いを楽しんでいます。金曜日を除き毎朝2時間は国語の時間です。毎朝、最初に国旗に忠誠を誓って授業が始まります。クラスを能力別に3つのグループに分け、グループごとにリーディング、スペリング、ライティングの課題があります。教室の隅には大きな丸いテーブルと四角いテーブルが置かれて、それぞれに担任とアシスタントが座って指導します。私はもう一人の母親と一緒に、黒板に書かれた文章の続きを書かせたり、手を挙げて質問する子に答えたり、宿題をチェックしたり、トイレに行く順番を指示したり、鉛筆を削ってあげたり、手作りノートを作ったりする雑用をこなします。最近では子ども達の目の前で堂々と辞書を持ち出してスペルを確かめたりする余裕もできました。また、各クラスに一台は必ずコンピューター（その当時はまだ珍しかった）が備えてあり、時間の余った子が使用しています。マイペースでそれぞれの課題に取り組み、またそれを許せるゆとりのある環境で、自分の考えたことや思ったことを大切にする教育を直接見たり聞いたりしていました。受験戦争もなければ、いじめの心配もなく、先生や大人と対等に近い関係で話し合ったりできる学校環境や、また親が大きな関心を払って地域の学校運営に協力する姿を見ると、アメリカの教育には底力があると思います。個性教育が大事と言いながら、個性をつぶす教育をしがちな日本の教育事情を考えると、息子達がここで大切な時期を過ごせるのは、何よりの財産になると確信しています。

話は少し逸れますが。

サンフランシスコ郊外のラフィエットに住むようになってまもなく、息子達２人を連れて、ハッピーバレーと呼ばれている、近くの小高い所にある高級住宅街を訪れたことがあります。私の運転も未熟なので、学校の友達が住んでいる近所探検もこの辺までです。大きくて個性的で素敵な家を見るのは何とも夢があり、楽しいものです。

ハッピーバレーで探検中のある日、鍵を付けたまま車のドアをバタンと閉めてしまいました。「シマッター！」携帯電話なんかありません。どうしたらいいのかと私はパニック状態です。目の前の家をノックして、事情を説明したら、針金の洋服ハンガーを手渡されました。これで、ほんの少し開いたガラスの窓から、そのハンガーでドアロックをこじ開けてみたらと言うのです。長男は、パニック状態の私を横目に、根気よく、辛抱強く、何度も何度もこじ開けにトライしてくれました。ずいぶん時間はかかりましたが、ドアロックが外れて、ドアが開くようになった時は、涙が出るほど嬉しく、ホッとしました。

その時の、長男の困難に立ち向かう様子、粘り強く頑張っている様子を見て、これからの生活もきっと実り多いものになるに違いない、と思いました。頼もしく、頼りになる長男を改めて見直しました。

長男は中学校に入るとブレイクしてクラスの人気者でした。歴史の先生に可愛がってもらい、学校が楽しくて一日も休むことなく通いました。その後保夫さんは東京支店派遣のため4年で東京に戻り、長男は全寮制の高校に一人残ることになりました。ですが、幸運なことに保夫さんはサンフランシスコの本店から永住権を取らないかと勧められ、私達家族は1年半の東京滞在の後、再びサンフランシスコ・ベイエリアに戻ることができました。

ただ、その頃の日本はちょうどバブルの時代で、長男の住む寮の近くの有名なゴルフコースを日本人が買収するという話もあり、「日本人は帰れ」と言われるなど、息子にとっては試練の多い、辛い高校生活でもありました。

高校卒業後については、歌が得意で音楽大学から奨学金のオファーがあったり、音楽でバンク・オブ・アメリカ賞をいただいたり、絵描きにならないかと勧められたりしましたが、本人はコックになりたいとも迷っていて、進路が定まらないようでした。結局、上智大学と関連のあるサンフランシスコの丘の上にある大学に入学し、インターナショナルビジネスを専攻しました。大学では「ジャパンクラブ」を結成して、他の日本人との交流も図りました。

渡米当時、サンフランシスコ市内の日本人補習校に通わせて、日本に戻ることも考えていましたが、先生が体罰を行うのを見て、嫌だと感じた長男は数回通っただけで、登校を拒否しました。それで、次男も拒否。正直言って、私達夫婦は日本で運転していなかったので、市内にある補習校へ通うため遠方へのドライブがなくなり、ほっとしました。それに息子達はスポーツが得意で、友人達と遊ぶためにも補習校に通っていてはできません。長男は6年生まで日本での教育を受けていたので、後は自助努力で日本語をマスターしています。もちろん家庭では日本語で会話をし、一年に一度は夏休みを利用して日本に帰ることにしていました。

アルゼンチンタンゴとの出会いと、人と人とのコミュニケーション
――2021年11月11日

ある時、「田渕さんはスーッとアメリカ人の中に入っていけるのね」と言われました。そんなことはないのですけどね！　アメリカの大学で勉強したこともないので、長く現地に住んでいても、子育てをしながらＥＳＬ（英語を第二外国語とする人のための英語教室）へ通っても、急激な進歩は望めません。私の実力はIntermediate High（中級の上）かAdvanced Low（上級の下）といったところでしょうか。でも、これでも様々な国からアメリカに渡ってきた人達と一緒に学ぶ楽しさは十分味わえま

した。

実は、アメリカで夫と一緒にダンスを習いたいという希望を持っていました。盆踊りしか踊ったことのない保夫さんを何とか誘って、コミュニティーのダンスクラスに入りました。日本の建築が大好きな建築家の今は亡きカズダン先生に出会って、バイセンテクラブという地域の名門クラブに入会し、社交のためのダンスという貴重な経験をしました。そのクラブの一員の勧めで、次第にアルゼンチンタンゴに移行することになりました。

アルゼンチンタンゴは特にボディーランゲージ（体で表現する言葉）と言われる踊りなので、言葉なしでも十分です。踊っている間は言葉なんていらないのです。

サンフランシスコ湾岸地区はブレイン・マグネットと言われるくらい、優秀な人々の集まる地域なので、文化も人との交流も十分楽しめました。私の知っているだけでも、ドイツ、オランダ、デンマーク、スコットランド、ロシア、イタリア、フランス、ギリシャ、イラン、インドネシア、インド、台湾、中国、フィリピン、ベトナム、ブラジル、メキシコ、アルゼンチン、日本、そしてアメリカなどで、英語を第二母国語とする民族であふれています。こんな所にも、「言葉よりも身体で表現するタンゴ」が盛んになる下地があるのでしょうか。タンゴを通して一段と交際範囲が広がり、異なる文化や人々に触れることができるのは、何とも楽しいものです。親しいダンス仲間達と日常生活の中でタンゴを楽しめるのは、サンフランシスコ湾岸地区に住む者の特権と言えそうです。

さて、素敵なタンゴダンサーを紹介いたします。今生きていれば１０２歳になる彼は、5歳から15歳まで日本で育ち、父親は新宿中村屋の基礎作りに貢献したという高給取りのパン職人でした。一年間アルゼンチンに滞在後、祖国ロシアに帰国するためにフランスに渡ったという81歳になるロシア人のI氏です。第二次世界大戦のため帰国できず、滞在先のフランス軍の義勇兵としてドイツと戦いました。奥様はフランス人で仏流のタンゴを踊られます。英語、フランス語、ロシア語が日常会話、日本語とスペイン語が少し話せるI氏は味のあるダンサーで、ダンスを一緒に楽しむことで、私の心が癒やされることも度々ありました。いつも若々しいI氏ですが、その若さは

「タンゴ」のおかげだと言っていました。
日本人のコミュニティーに浸っていたら、経験できないことでした。

第3章

アメリカ生活破綻の兆し

保夫さんの若年性認知症の始まり　——２００１年頃

１９９８年、私達家族の生活の基盤であるアメリカ銀行がネーションズ・バンクに合併され、銀行仲間が集団で、サンフランシスコに本店があるユニオン・バンクで働くようになってしばらくした頃です。その銀行のロサンゼルス支店からの誘いがありましたが、なぜかその時保夫さんは、指定の場所に車で一人で行き着くことができませんでした。顔見知りの上司も不思議に思われたことでしょう（保夫さんの焦りが目に浮かびます）。仕事の内容も、元の企業の信用調査から監査の仕事になりました。同僚を評価したり、非難したりするのは自分の性格に合わないと悩んでいました。私も一度ロサンゼルスまで行って、保夫さんの様子を見ようと、一緒のホテルに泊まり、市内見学をし、新居を探したことがあります。

保夫さんは頼りにしていた元バンク・オブ・アメリカの女性上司とも別れることになり、すっかり自信を失っていました。保夫さんをヘッドハントした上司も、彼に直接会った時にはどう対応したらいいかわからず苦しそうにしていたそうです。上司も薄々、アルツハイマー病のような病を患っている可能性に気づいていたとしか思えません。その後、保夫さんは私に仕事の限界を訴えて、辞めることにしました。辞める時は銀行仲間に、タンゴを楽しみながらしばらくアルゼンチンで暮らすと話していました。

社交ダンスと私達のアルゼンチンタンゴ ——1993年頃

保夫さんの元同僚は「保夫さんとアルゼンチンタンゴ、どうしても結びつかないよ」と言います。無理からぬことと思います。タンゴというと哀愁をおびた曲、官能的で派手な動き、おまけに深くスリットの入った衣装を着て踊るショーダンスしか知らない人がほとんどなので、ごもっともです。保夫さんのイメージは「まじめで典型的な日本の銀行員タイプ」なので、タンゴのイメージとはかけ離れたものでしょう。かくいう私も、日本にいると、アルゼンチンタンゴを楽しんでいたと言うのにちょっと勇気と配慮がいります。

私達がタンゴダンスを楽しむに至ったのは、近くの高校の体育館で行われていたコミュニティー主催のダンスクラスを見つけたことに始まります。1987年に渡米し、5、6年たって生活も落ち着いた頃、「アメリカで生活するようになったら社交ダンスを習ってみたい」との希望がよみがえってきたのです。そのことは以前から保夫さんに話してありました。コミュニティーの新聞で、近くの高校の体育館でのダンス教室の存在を知り、ほどなくして二人で通い始めました。「盆踊りが精いっぱいだったのに！」とぼやきながら、やっと重い腰をあげてくれた保夫さんも、レッスンでは次々と変わるパートナーと楽しそうにステップを踏んでいました。後で保夫さんは

「もし、あの時、嫌だと言ったら離婚されるのではないかと思った」と冗談交じりに告白していました。

ダンスのカズダン先生は元建築家で（奥様はピアノの先生）、日本にとても興味を持っていて、初めての日本人カップルである私達をとても可愛がってくださいました。練習では、チャチャチャ、マンボ、ジルバ、ワルツ、ブルースの基本のステップを習うのですが、上体は反り返らずにまっすぐの自然体です。アメリカ人だからといって決して踊り慣れていて上手というわけでもありません。こんなものかと思いましたが、雰囲気はくつろいで楽しいものでした。カップルでない人はほんの2〜3人、そこがまた日本と違うところでしょう。

そうこうしているうちに、当時50年以上の歴史のある社交クラブ「バイセンテクラブ」に入らないかとカズダン先生が誘ってくださり、審査にも無事パスして会員になることができました。「バイセンテクラブ」は、夏にはバーベキュー、秋にはハロウィーン、クリスマスといろいろなテーマで思い思いに着飾って、ゴルフのクラブハウスなどで食事をした後、メンバー同士のダンスを楽しむというものです。弁護士、医者、先生やサラリーマンなど職業も様々ですが、バークレー大学出身の方々が中心で、中には夫婦で合わせて9つも博士号を持つというカップルもいました。クラブ主催のダンスレッスンも週一回ありました。保夫さんの堪能な英語と地元バンク・オブ・アメリカ勤務というステータスのおかげで、バイセンテクラブに無理なく溶け込めたのだと思います。

ある時、バイセンテクラブの中の、私達とほぼ同年齢のアルゼンチンタンゴに夢中な5カップルで、一緒にブエノスアイレスまで旅し、レッスンを受けながらタンゴを楽しみ、観光もするという機会に恵まれました。

ダンスホールでのアルゼンチンの庶民のタンゴは、日本でイメージするショーダンスのステップとは大違いです。そんなダンスをダンスフロアでしようものなら、誰かにぶつかり、誰かを蹴飛ばし、誰かを傷つけてしまう可能性だってあります。また、込み入ったステップをこれ見よがしに得意げに踏もうものなら、現地の人から、かえってひんしゅくをかってしまいます。もっとずっと静かでおとなしいものです。それを見た保夫さんは「なんだ、そんな簡単でいいのか」とずいぶん気持ちが楽になったようです。それでも、「自分のしていることが信じられない」と言いながら、レッスンを受け、ナイトクラブで仲間と一緒に踊り、観光もして、私にとっても初めての〝外国人〟との旅を楽しみました。腕を組み、手をつなぎ、音楽に身をゆだねるというタンゴが、私の異文化に対するメンタル・ブロックを取り払ってくれました。動きやすければ着飾る必要もないというダンスの手軽さが、敷居を低くしてくれたとも思います。こうして、タンゴとのお付き合いは、かれこれ10年近く続きました。

また、Marcelo（タンゴの先生）はSetsuko never stops dancing. Setsuko dances 9 days a week. と言っていました。ミロンガと呼ばれるタンゴのパーティーでは、タンゴは私にとって最高の有酸素運動ととらえ、次々とパートナーを変えて、足がもつれるようになるまで踊り、もうダメと動けなくなると、サッサと帰宅していました。Marceloがパートナーを失った時、練習の時以外は一緒に踊ったことはないのですが、大勢いるタンゴダンサーの中から私を選びました。保夫さんもなかなかのダンサーなのですが、嫉妬する様子は見せません。ビデオカメラでずーっと私の踊る姿を追っていました。保夫さんと私のタンゴ・ワルツをクリスマスの時に大勢の前で披露する機会もありました。その映像は私の宝物となっています。タンゴを踊っている私の50代は体調はとても良かったです。今でもタンゴの仲間の様子をFacebookで知り、テネシー州に引っ越した日本びいきのダイアンと文通しています。

ある時久しぶりに、アルゼンチンタンゴを保夫さんに聴いてもらいたくて、入院先にタンゴのＣＤを持っていきました。部屋中にタンゴの曲があふれると、「歩ければタンゴは踊れるというから……。保夫さん、どう踊ってみない？」と誘ってみましたが、ちょっと無理。でも、嬉しそうな笑顔があふれ、久しぶりに保夫さんの得意な口笛が聞けました。

「アメリカでダンスして、タンゴまで踊って、楽しかったよね？」と聞くと、保夫さんは「うん」とはっきりうなずきました。良かったネ!!

愛犬のボスはどうしたかしら？　――２０２２年

初めてのサンフランシスコ本店勤務の時は、日本からシェルティー犬「キャンディー」を連れて行きました。アメリカ入国は問題なくパス。プールのある家で一緒に暮らしました。キャンディーはプールが初めてなので、慌てて飛び込んだ時は何とか本能に備わった犬かきで助かりました。４年後に日本に一緒に戻り、またカリフォルニア住まい。「フリークエント・フライヤーね」とコリンズ先生に言われて、なるほどうまい表現だなと感心したものです。

そんなキャンディーも年を取り、起き上がることもやっとで、よろよろとしか歩けなくなった頃、ゆっくり動き出した駐車中の車の下敷きになって、ほとんど苦しまずに逝きました。次男の親友のお父さんが獣医なので、茶毘に付してもらいました。遺骨は木の箱に収まり、お悔やみのカードまでいただきました。思い出の場所、あちこちに散骨しました。

次に飼うことになったのは、次男の誕生祝いに贈ろうとしたパグ犬です。次男はブルドッグを欲しがったのですが、親友の父親に相談したところパグ犬を勧められ、私達夫婦は遠くのブリーダーまで出かけて手に入れました。手のひらに乗るような小さな子犬でした。パグ犬は何とも可愛らしく、私達は見飽きずにじっと見入っていました。ただ、次男は忙しくよく出かけていましたので、結局私達の犬となり、保夫さんはその犬に「ボス」と命名しました。

我が家のボスはみるみる大きくなりました。しっぽはくるりと丸まっています。息子達はそれを「巻きぐそ」と表現していましたが、「まるでシナモンロールのよう」と現地の人達は言っていました。目ざとく遠くからボスを見つけて駆け寄ってきては「素敵な犬だ。どこで手に入れたか教えてほしい」「ショードッグか？」と聞かれることも度々ありました。自慢の犬です。

ボスも私達の都合で日本との往復をしましたが、最後は飼うことができず、「パグ・レスキュー団体」に頼んでお別れをしました。「パグ・レスキュー団体」はその名の通り、パグ愛好家が資金集めをして、手術に必要なお金を工面したりしてパグ犬を保護する団体です。そのパグ・レスキューが家の近くの公園で、パグのぬいぐるみだのキーホールだのを販売して資金を集めていました。また犬の持ち主達はそれぞれに独創的なおめかしをパグに施して笑いを誘っていました。「パグ・キス」1ドルには思わず笑ってしまいました。大きな看板のパグの口元をくり抜いて、そこに顔を近づけて顔をなめてもらい、キス代として1ドル払うのです。ボスと西海岸沿いに長距離ドライブをしたことなども懐かしく思い出します。

一緒に思い出をたくさん作ったボスとお別れするのは辛かったのですが、日本での再出発には足枷になりました。パグ・レスキューの紹介で、飼い主が見つかりました。他にも2匹のパグ犬のいる家庭に預けられることになり、ほっとしました。別れる時、利口なボスは状況を察していたのでしょう。泣きもせず、じっと新しい飼い主の膝にうずくまって、私をじーっと見つめていました。

私はもう犬を飼えない。ごめんね！　ボス！

モントレー＆カーメルの旅　――２００３年５月22日

次男がスイスにある私立大学を卒業して、卒業式に列席してくれたガールフレンドと一緒にヨーロッパの各地を回って戻ることになりました。そのちょうど一週間前に、我が家のパグ犬のボス君を連れて、長男が卒業した高校のある思い出の場所、モントレー＆カーメルまでドライブして、ゆっくり二泊することにしました。子育て終了を祝う、ささやかな旅です。

カーメルの宿の約半分は、犬を連れて宿泊できるのです。私達はちょっと贅沢をして、一泊２００ドル近くするサイプレス・インに泊まることにしました。かの有名な女優ドリス・デイの所有するホテルです。１２０マイル（約２００キロ）、２時間近くの運転です。朝のラッシュ時間と重なりましたが、カープール車線（車に２人以上乗っていることが条件です）を利用できたので快適でした。カープール車線の違反者には271ドルの罰金が課せられます。途中散歩のために、モントレーの美しい海岸に立ち寄り、カーメルの宿に午後3時にチェックインしました。一泊10ドルが犬の宿泊料です。部屋の中には犬用の毛布と、小さなケースに入った犬のおやつが置いてありました。ホテルのロビーは犬の社交場になっていて、大きな犬や小さな犬、様々な種類の犬が集まって、飼い主はもちろんのこと、犬同士も挨拶を交わします。ボスは人懐っこく、目の肥えた人にはよくショードッグかと問われるくらいなので、いつも人気者です。皆に可愛がってもらい、ボスは散歩よりもロビーの方が気に入ったようです。足を踏ん張って、外には行かないと何度かストを起こしました。その一方、カーメルの美しい白い砂の海岸の散歩に連れて行くと、今度も足を踏ん張って、まだ帰りたくないと主張します。犬を連れていると煩わしいこともありますが、いろいろな人が話しかけてくれ、会話を交わす機会がぐっと増えることも確かです。教育費のかからない子どものようなものでもあります。夫はボス、ボスと言って私を嫉妬させることもあるくらいですが、私も一日に3回散歩に連れ出す可愛がりようです。

若いアメリカ人の経営する寿司店で、夕食を食べた時は本当にびっくりしました。子どもが作ったような鉄火巻きで、海苔の周りにはご飯粒がついていて、切り口はギザギザ。最初は手を出すのをはばかる代物でした。次に出てきたカツレツ寿司（これわかりますか？）も雑な作りで失望しました。さすが観光名所のカーメルだけあって、お値段は高く、それでも商売になるのですから驚きでした。

有名なゴルフコースもあり、芸術家の集まる町並みはおとぎの国のようで、季節の色とりどりの花があちこちに咲き乱れていました。タンゴの仲間から、モントレーまで踊りに行ったという話を聞いていたので、靴を用意していきましたが、残念なことに踊る機会はありませんでした。「タンゴ中毒」の私達は、帰宅した晩はいつもの場所に踊りに行きました。

偶然とは神による匿名行為　――２０２１年９月

若年性認知症家族会　彩星（ほし）の会が発行する『百の家族の物語　若年性認知症本人と共に歩んだ家族の手記』。２０２１年に初版が出版されたこの本は好評です。この本に掲載された私のエッセイを紹介します。

長年サンフランシスコ郊外に住み、夫はバンカー、私は子育てをしながらトマス・ゴードン博士のＰＥＴのインストラクターの活動をしていた頃、日本の親業訓練協会から博士の『医療・福祉のための人間関係論』の翻訳依頼を夫婦で受けました。

私達はゴードン博士を身近に感じ、２人ともアメリカのインストラクターの資格を既に取得していました。講座では心理学、教育学、行動科学に基づいたコミュニケーションの方法を身につけます。講座を通して自分を知り、受容し、本音で接することの大切さや民主的な人間関係を学んでいました。また、息子達を通して日米の教育環境の違いの大きさを身近に感じていたものです。

そんな私の夫が、若年性認知症（認知症のわずか０・３％）になったのは、思い起こせば夫が56歳の頃でした。私は物忘れが多いのは、男性にもあるという更年期のせいだと思っていたのです。銀行の合併を経験し、仕事の内容も大きく変わり、アメリカ人の同僚でさえ〝ジェイル（監獄）〟と呼ぶ、監査の仕事に限界を感じて退職したのが57歳の時。生活費の安いアルゼンチンで、〝タンゴを楽しみながらボエドで暮らしてみたい〟と移り住んで２人だけになると、さすがに私も何かがおかしいと感じ始めました。

５か月でギブアップし、すっかり調子の狂った私達が逃げ帰った先は、夫の故郷である那須塩原でした。〝物忘れ外来〟でＭＲＩを撮ったり、心理テストを受けて、「まだはっきりとは言えないけれど、たぶんアルツハイマーではないか」との診断が下り、アリセプトの服用を始めたのは５年半前の58歳の時でした。私自身もうつ病を患いながら「何か変」と思っていたことの落としどころが見つかり、ショックもさることながら、どこかホッとした気持ちになったのを覚えています。

それから紆余曲折を経て、生活の拠点を東京に移し、いくつもの度重なる幸運とも言える偶然のおかげで、辛くて大変な時を突き抜けてみると、幸せで満足のいく生活が待っていました。

何といってもとても大きなことは、日米両国で暮らしたおかげで、私が働かなくても生活に困らず、夫の病気に寄り添うことができることです。アメリカ市民権を取得した2人の息子達には、孫まできました。たくさんの人達の、暖かな支援や手助けを受けて、今の私達があるのです。それに、ともに歩む仲間にも恵まれ、問題を一人で抱えこまずに暮らせることは、とても心強いことです。

夫が若年性アルツハイマー型認知症という病気にならなければ見えなかった、世の中のことを実感しながら、より住みよい社会を目指すお手伝いができたらと願っています。

（注）ＰＥＴ（Parent Effectiveness Training——親の役割を効果的に果たすための訓練）は日本では親業訓練と訳されています。

初心に戻り、振り返ってみると、私も精いっぱい努力したのだなと満足感を覚えます。若年性認知症は本人が若いので、介護者の体力と経済力が特に問われます。長寿社会で、誰もが認知症とは無関係ではいられなくなりました。

政府や一人一人の力量が問われる難しい時代に突入です！　介護職員の待遇を公務員並みにし、特養を増やすことが望まれます。

新聞でも取り上げられましたが、製薬大手エーザイが開発したアルツハイマー病の治療薬レカネマブが日米の医薬当局で評価され、新治療薬の期待が膨らんでいます。うまくいくといいですね!!

第4章

若年性アルツハイマー型認知症との闘い

ＷＨＯによれば、何と４秒に一人、１分間に15人の認知症が発生しているそうですから、世界的な対策を進める必要があるということです。最近のベストセラー『80歳の壁』（和田秀樹著、幻冬舎、２０２２年）の著者、精神科医の和田秀樹氏によると、85歳以上の人の脳を調べると必ず認知症、癌があるとのことです。認知症はそんなポピュラーな病気です。

保夫さんが若年性認知症を発症したことについて、私は初期の頃から近くの住人や知り合った人などに伝えていました。認知症の中核症状には見当識障害（ここがどこで、今がいつなのかわからなくなる状態）があり、徘徊も覚悟していたのですが、この場合、近くの住人の協力が絶対に必要と思ったからです。認知症は誰もがなる可能性のある病気で、生活習慣病とも深い関わりがあります。ごく初期に医者と関わりを持てたことに対しても、むしろ誇りや安堵感を抱いています。精神科医でさえ発症し、レーガン元アメリカ大統領、サッチャー元英国首相も認知症でした。これからの高齢化社会では避けて通れない問題になっています。

認知症を恥じず隠さず ──2011年11月19日

保夫さんが若年性認知症を発症してから、公益社団法人「認知症の人と家族の会」の活動に参加するようになりました。

11月3日文化の日に行われた講演会では中国のことわざ「敵を知り、己を知れば百戦危うからず」を引用し、「敵を認知症、己を症状、百戦を人生に置き換えて、人生大丈夫ということに皆さんなってもらいたい」とおっしゃっていました。私はすぐに、自分の経験から「うつ病を知り、症状を知れば、人生危うからず」にも皆が気づいてほしいと感じました。「認知症がなくなれば、幸福になれるか？ 認知症があったら、幸福になれないのか?」と自問してほしいということでした。

私は、保夫さんの若年性アルツハイマー型認知症の発症で生活は大きく変化したけれど、今が一番幸せと感じています。ここに至るまでは、自分達が好きで選んだ道とはいえ苦難の道のりであったと思います。周囲の方々の応援や、息子達の力添えがなければ、自分達だけでは潰れていたと思います。それだけに深く人生を味わうことができているとも感じています。認知症になっても、心は最後まで残っているということですし、詩人の堀口大学も「心こそ死ぬことのない命」と述べています。

人間の究極の幸せは「人」に、愛されること、褒められること、役に立つこと、必要とされることとの4つである（大山康弘日本理化学工業元会長が禅寺の住職から聞いた言葉)。

認知症になるということは、「愛されなくなる、褒められなくなる、役に立てなくなる、必要とされなくなる」という漠然たる不安をいつも抱えているということだと思います。

そのため取り繕い（作話）が中核症状として認められるのでしょう。

公益社団法人「認知症の人と家族の会」の活動に参加することで、本人や介護者である私がどれだけ救われたかわかりません。

ドタキャン　――2011年3月5日

介護生活が始まって5年がたちました。

その頃恒例になっていた息子達との交流のため、シドニーに行くことになっていました。出発の日が近づいてきた昨夜のことです。保夫さんは床に入るとすぐ胸が痛いとうずくまってしまいました。「シドニーには行かない。ここにいる。せっちゃんだけ行ってきて」と言うのです。

「保夫さんを置いて私だけ行けるわけないでしょ！」と背中をさすりながら、「とにかくお風呂に入ってゆっくり温まったら、少しは気持ちが楽になるから」と言って、一緒にお風呂に入りました。

シドニーの長男に電話をして、保夫さんと直接話をしてもらっても気持ちは変わりません。私は、保夫さんが自分から「やっぱり行くことにする」と言わない限り、取りやめにすることにしました。とても辛い決断でした。シドニーに行かないことになったので、保夫さんは安心したのかすぐに寝息をたてて熟睡していました。私は再度長男と電話をしました。

認知症は不安感の強い病気です。やはりシドニーは遠く、違ったベッドで寝ることはもうできなくなったようです。私は、サンフランシスコの次男の孫と長男の孫との交流を何よりの楽しみにし、息子達も張り切って準備してくれていました。また、払い戻しの効かない切符や宿の予約のことも考えたりして、心穏やかではありませんでした。「これが人生さ」という意味のフランス語「セ・ラ・ヴィ」の言葉に慰めをもらい、何度も心の中で繰り返していました。

金曜日は「フリーサロンあしたば（若年性認知症専門デイサービス施設）」に行ったものの、右目がちくちく痛いということで眼科に行きました。脂肪の小さな塊をつぶす治療をしたので、1日4回の目薬をしなければなりません。また食事の時は、天ぷらの天つゆをすぐに飲んでしまったり、コーヒーの中にご飯を入れたりしていました。洋服の着替えなどはなかなかうまくいきません。手を尽くしてきたけれど、だいぶ進行したなというのが実感です。

次男と連絡が取れた時は「お母さんは大丈夫？」と私のことを気遣ってくれました。私は、「私達の分までうんと楽しんできて」と涙声で答えていました。その後、またすぐに長男から連絡がありました。兄弟同士の連携のよさと、親を気遣ってくれる気持ちがとてもよく伝わってきました。年内にそれぞれの家族が私達に会いに日本に来てくれるとのことです。

去年はパック旅行でサンフランシスコ（1月）とシドニー（12月）ステイに参加し、6月には次男のお嫁さんのお姉さんの結婚式にも参加しました。思い切りそれぞれの家族と交流できていました。これが潮時、いよいよ介護生活の本番と気持ちを引き締める時期に入ったようです。５月で「アリセプト」（抗認知症薬）を服用してから６年になるのですから……。

幸い保夫さんは健脚で、歩くスピードもリズムもあります。虫歯もなく全部自分の歯です。食欲もあり、床に入るとすぐに寝入ります。早寝、早起き、健康です。でも、もう一緒にはサンフランシスコにもシドニーにも行けなくなりました。

ＰＥＴ「親業訓練講座」と「認知症」について

ＰＥＴ「親業訓練講座（Parent Effectiveness Training――親の役割を効果的に果たすための訓練）」は、臨床心理学者のトマス・ゴードン博士（１９１８〜２００２）によって作られたものです。彼は、１９９８年に全米心理学財団から「心理学を公共の利益に役立てることに長年の貢献をした人」として、ゴールドメダルを受賞しました。ノーベル平和賞にノミネートされたこともあります。アメリカでは２０２０年に

60周年、日本では40周年を迎えた親業訓練協会が様々な講座を通して、博士の開発したコミュニケーションプログラムを提供しています。

心理学を公共の利益に役立てるようにと「トマス・ゴードン博士」――2011年6月

私は渡米する前の年、1986年に日本の親業訓練講座のインストラクターの資格を取得し、保夫さんも中井喜美子インストラクターの講座を二つも受講していました。アメリカ銀行東京支店勤務の保夫さんが待望のサンフランシスコ本店に転勤することが決まった時、私は、トマス・ゴードン博士にお会いできることを心秘かに楽しみにしていました。その時は意外と早くやってきて、翌年には保夫さんと交代で運転して西海岸の海岸線をずっと下り、サンディエゴにあるゴードン・トレーニング・インターナショナルで次男も一緒に（長男は誘われて友人家族とカタリーナ・アイランドに旅行中）ゴードン博士夫妻とお会いできました。私は原書を何回も読んで言葉に馴染み、英語が得意な保夫さんに助けられながら、それから何度かトレーニングで博士夫妻にお会いできました。ゴードン博士のＰＥＴは世界34か国に広まっていて、私たちの世代のアメリカの親や教師の間ではかなり知られていました。教育熱心な人の多く住む地域では優秀なインストラクターがいるので、次男の友人の母親と一緒に講座を受講したこともあります。また、次男の担任ミセス・ヨシオカ（白人女性でハワイ出身の日系三世が夫）の教室の書棚にゴードン博士の教師学の本を見つけた時は、とても嬉しかったことを思い出します。そんな縁もあり、ミセス・ヨシオカの1年生の国語のクラスを7年近く、週に1度2時間ほどボランティアとしてお手伝いしました。

後日談ですが、次男と同じ小学校を卒業した高

校時代からのガールフレンドとの結婚式では友人の両親から、「息子さんは素晴らしい。何か特別な教育方針で育てられたのですか?」と尋ねられました。

渡米当初の私はPETのインストラクターの資格があるということで、サンフランシスコの、現地在住の方々のサポートグループであるひまわり会で親業の話をする機会を与えられました。私もひまわり会の一員になり、現地の日本人の情報を得ることができました。私達家族が永住権を取得してからは、講座を開くことができ、私はロサンゼルスまで飛行機で飛び、講座に通ったこともありました。当時の受講生と親業を通しての交流で、私は海外で暮らす日本の人達の生活ぶりを詳しく知り、日本との暮らしぶりの違いなどを肌で感じることができました。

次男の結婚式が2008年9月にサンディエゴの動物園アフリカ・セクションで行われた時は、長男に頼んで遠くまで運転してもらい、亡きゴードン博士の妻で現会長のリンダ・アダムスにお会いする機会ができました。「夫がアルツハイマー型認知症になったので、インストラクターの活動はできなくなったけれど、ゴードン博士のコミュニケーションの方法を伝える努力は続けたい」とお話ししました。リンダ会長は「日本に行く機会はもうないけれど……」と嬉しそうな笑顔をされました。

　ゴードン博士は「民主主義」を定義し、それを実行に移すことができるコミュニケーション・ツールを与えてくれました。大切な人とのコミュニケーションが上手くいかない時は、博士が発明した「心の窓」といわれる「行動の四角形」を通して、誰の問題かを自分の気持ちを正直に見つめて整理します。「自分の気持ちを正直に見つめて対処する」ということで、生きる力や勇気が湧いてきます。そして「自分らしく生きること」ができ、自分の人生に対して自信も責任も持てるようになるのです。博士の理論は心理学、教育学、行動科学に立脚したものなので、学べば学ぶほど説得力があります。

　親業では子どもを一人の独立した人間として尊重し、「聞く」「話す」「対立を解く」の３本柱の効果的な方法をロールプレイを通しながら学びます。アメリカの神学者のニーバーの言葉に、「変えられることを変える勇気を、変えられないことを受け入れる平穏を、そして、変えられることと変えられないことを知る英知を授けたまえ」があります。価値観の対立を解くにはこの認識が欠かせません。PETのparentのPは学んでいるとPeople Effectiveness Trainingと重なり、幅広く人間関係論となります。

「人の話を聞く」こと一つとっても、とても難しく感じることがよくあります。繰り返す、言い換える、共感するには訓練が必要です。認知症になっても心は最後まで残っているということなので、ゴードン・メソッドは大切です。また一人で悩まず、公開、公表することで、更に自分を律することができるようになると考えています。日本では、古いしきたりの残る夫中心の家庭生活なので、民主的で温かで緊密な夫婦関係を築くのはとても難しいのです。役割だけで生活を続けていると、長い人生どこかで軋みが生じることにもなります。よく「今まで生きてきたように、老後や死を迎える」と言われます。せっかく何かのご縁で、こうして神様に選ばれて認知症になってしまった保夫さんと関わっていくからには、今まで学んできたことを効果的に生かして、自分を磨くと同時に、同じ仲間と一緒に心を通わせながら、これからを生きていきたいと思います。

ゴードン博士の「行動の四角形」――2013年4月13日

「行動の四角形」とは、「心の窓」といわれる、ゴードン博士が提案した「相手の行動を受容できるか否かを整理する枠」のことです。縦に、①相手に問題がある領域、②相手も私も問題なし領域、③私にとって問題あり領域と分かれています。

普段の日常生活ではこの「行動の四角形」を思い起こすことはそれほどありません。それでも、一つ一つの具体的な目に見える行動や耳に聞こえる言葉などで、態度や性格を取り上げないようにすることは比較的できるようになっています。これが周辺症状のほとんどない保夫さんの状況に貢献していると思うことの一つです。

「罪を憎んで人を憎まず」これもなかなかできることではありませんが、その人をよく知るようになると、それほど難しいことではないかもしれません。「なぜそうするのか？　どうしてそうなるのか？」と洞察することは、事実と判断の食い違いを少なくすることにもなります。

一つ一つの具体的な行動を「行動の四角形」で整理すると、何が自分にとっては嫌なのか、受け入れられるのかがよくわかり、自分自身と向き合うことにもなります。「親業（おやぎょう）」は「自分業」と言われるのもそんな理由からです。そして「環境」「自分自身」「相手」によって、その時々の感情や気持ちが揺れ動く様子がわかってきます。自分の気持ちに焦点をあて、それによってコミュニケーションをどう取るかで、（能動的な聞き方、私メッセージ、対立を解く方法など）とても気が楽になります。自己受容も深まります。まず、自分自身を知ること。これから始まるのです。

ＰＥＴの講座では、「平静さへの祈り」を学びます。困難にぶつかった時に思い出すと心が少し静まり、穏やかになります。「知は力なり（知即力）」です。

レバノン生まれの詩人カリル・ギブランの言葉（親子関係の参考）：

あなたの子どもはあなたの子どもではない。待ち焦がれた生そのものの息子であり、娘である。あなたを経てきたが、あなたからきたのではない。あなたは愛情を与えても、考えを与えてはならない。なぜなら、彼らには彼らの考えがあるから……。

あなたが彼らのようになる努力はしても、彼らをあなたのようにする事を求めてはならない。なぜなら、生は後戻りしないし、昨日のままにとどまりもしないのだから。

子育てでは「親であるあなたは弓であり、あなたから放たれる矢は子どもである」とも言われます。お世話になった父の親友に、私が親業を勉強していますと伝えると、

「私は自分の息子達を天からの授かりものではなく、天からの預かりものと思って育てました」と言われました。親業の神髄を深く理解していらした方であると感動したものです。

価値観の対立が一番難しい！　これには（1）模範を示す（2）コンサルタントになる（3）自分を変える（4）平静さへの祈り、しかありません（ゴードン博士が示す「価値観の対立の4つの解決方法」）。

改めて、アメリカの神学者のニーバーの言葉である「平静さへの祈り」を心の中で唱えると、何とか困難を乗り越えられるのではないかと思います。

変えられることを変える勇気を　変えられないことを受け入れる平穏を
そして、変えられることと変えられないことを知る英知を授けたまえ

「聞く力」と「話す力」――2023年1月

誰でも自分のことをわかってほしい、知ってほしいと心の中では思っています。そのため、話の途中で言葉尻をとらえて、自分の話をしだしたり、経験を語ったりしがちです。説教なんてされようものなら、二度とその人には話したくないという気持ちになるでしょう。

うなずいたり、言葉を繰り返したり、沈黙したり、共感したりして、相手の話をうながすことができますか？　これには訓練がいるようです。聞いてもらった相手は、わかってもらえたことで、胸のつかえが下りるようですし、自分の悩みをいろいろな角度から眺めることができ、自分で考えることができるようになります。

主語をきちんとつけて、ゆっくりはっきりと相手にわかるように話す。これだけでも私にとってはなかなかできないことです。肯定にしろ、否定にしろ、「私はあなたの行動にどう影響を受けてどんな気持ちでいるか」を伝えることはとても大切なことだと思います。否定されると誰でも嫌な思いをするので、配慮が必要です。でも、事実を伝えるので説得力があります。

保夫さんの状態を疑い病院に連れて行こうとした時は、「保夫さんが病院に行ってみてもらわないことには、私はいつまでも心配で不安で落ち着かないわ」「僕はおかしくなんかない。せっちゃんの方がおかしい！」「そう、私も確かに自分でもおかしいと思うわ。一緒に病院に行ってみてもらいましょう」というようなことを何回も繰り返していたと思います。

夫婦で翻訳をした『医療・福祉のための人間関係論―患者は対等なパートナー』。この本はトマス・ゴードン博士によって書かれたものです。日本の親業訓練協会から依頼され、私達夫婦が翻訳をしました。

日野原重明先生から「医療・福祉に携わる人がT.ゴードンのこの本を読めば目が覚め、患者は救われるに違いない」というコメントをいただいています。その本の中の、人と人とのコミュニケーションにおいて「聞くこと」がいかに大切で難しいかを表した翻訳の一部を紹介いたします。「能動的な聞き方」ができるようになるには訓練が必要ですね！


私があなたに聞いてと頼んだ時に、あなたがアドバイスを与え始めたら、あなたは私の頼んだことに答えてはいないのです。

私があなたに聞いてと頼んだ時に、あなたがそのように感じるべきではないと言い始めたら、あなたは私の気持ちを踏みにじっているのです。

私があなたに聞いてと頼んだ時に、あなたが私の問題を解決するために何かしなければばと感じるならば、私は失望します。そんなはずはないと不思議に思うことでしょう。

聞いてください！　私が頼んでいることは、あなたが私に耳を傾けてくれることで、話したり何かをしたりせず、ただ聞いてほしいのです。

アドバイスは安っぽいものです。20セントでディア・アビーとビリー・グラハムの両方が載っている新聞が手に入るのです。

私は自分のことは何でもできるのです。私は無能ではありません。落胆して迷っているのかもしれません。でも無能ではないのです。

私が自分ででき、そして自分でしなければならないことを、あなたが私のためにしようとする時、あなたは私の恐れや無能さを助長しているのです。

しかし、どんなに理屈に合わないと思われても、私が感じていることを、感じているというその事実をあなたが受け入れる時、私はあなたを納得させようとするのをやめることができ、この理屈に合わない感情の奥にあるものを理解しようとする作業に取りかかることができるのです。

それがはっきりすると、答えは明白となり、私にはアドバイスはいらないのです。理屈に合わない感情も、その奥にあるものを理解した時、それなりの意味を持つことがわかるのです。

祈りが時に誰かに効き目をもつのはそのせいかもしれません。なぜなら神は無言で、アドバイスを与えることも、何かを直そうとすることもないのですから。ただ耳を傾け、あなたに自分で解決させるのです。あなたの番がくるまでちょっと待ってください。
そうすれば、私があなたに耳を傾けますから。

（注）ディア・アビーとビリー・グラハムの両方が載っている新聞：米国の有名な人生相談欄
『医療・福祉のための人間関係論――患者は対等なパートナー』トマス・ゴードン著　近藤千恵（監訳）　田渕保夫・節子（翻訳）　丸善株式会社　２０００年（絶版になりました）

排泄問題が介護で一番の苦労の種？　――2012年8月15日

去年の夏頃から保夫さんの排泄問題が始まり、今ではオムツなしの生活はできません。夜に3回位、排尿のために保夫さんを起こすのが日課になっています。私は睡眠導入剤を処方してもらっていますが、ふらふらしていても目が覚めます。そして腰を痛めないように布団だけはがして保夫さんを起こします。拒否されることもたまにはありますが、気持ち良く起きてくれるので助かります。朝は5時半頃に保夫さんを起こして、廊下をはさんだ目の前のトイレに誘導します。夜中の排尿を嫌がって1～2回になっている時は、たいていぐっしょりと寝巻まで濡れています。排便はおむつの中だったり、うまくいくとトイレの中だったりしますが、最近はお風呂ではしなくなっているので助かります。いずれにしても、お風呂場でお湯を使ってきれいにします。家では私が手伝ってズボンを下げるのですが、下げるだけのことにとても苦労することがあります。本人のプライドと混乱がそうさせるのでしょう。デイサービスからの帰宅時間は午後4時半頃です。午後5時には夕食。二人とも疲れ切って、夜8時前には就寝です。見たいテレビ番組のない日は更に早くて、午後7時頃だったりします。たっぷり睡眠時間を取ることが明日への力になっています。

きれいごとでは介護はできません。二人の息子達の子育ての経験やシェルティー犬やパグ犬を飼ったことのある経験（散歩の時生暖かいウンチをビニール袋で取って処理していたので）、そして何より、認知症になっても優しい保夫さんの心遣いが感じられ、それが私の介護の力の源泉です。

10食限定の鰻重を目指して　——2012年8月25日

日本橋の三越本店の地下にある「いづもや」では、限定10食の鰻重があります。10時開店前に入口の前で待っていないことには、このお得な鰻を食べそこないます。平日なのでいつもよりは（と言っても3回目です）気持ちの余裕がありますが……。こういう焦っている時に限り、今日もバスを一駅乗り越してしまいました。

今年は鰻が特に高くなっているとテレビの報道があった時。「保夫さん、鰻食べたい?」と聞いてみました。今まであまり鰻に興味は示さなかったのですが、その時は「うん」との返事。一人で限定10食を味わったことのある私は「それでは三越の地下で食べましょう!」と日曜日に出かけました。開店と同時に階段を目指してまっしぐら。休日は5~10分後には売り切れてしまう様子を知っているからです。お重箱からはみ出るたっぷりの鰻、肝吸いとお新香がついて、一人前2940円です(2023年3月15日には3520円になっていました)。おいしそうに食べている保夫さんを見て、私も満足です。

主治医の先生から、このところ診察のたびに「おいしいもの食べていますか?」と聞かれます。お気に入りの昼食場所はいくつかありますが、「こうして外食を保夫さんと一緒に楽しむことができるのも今のうちしかない」と思い、せっせとおいしい昼食を楽しみました。おいしいものは心を豊かにしてくれますが、「痩せられないどころか、体重が増えた」。それが私の悩みです。身長168センチの保夫さんは3キロ増えて62キロになって丁度良いようです。

穏やかに毎日過ごしているようでも、明らかに保夫さんの症状の進行具合がわかるような一日でした。なだらかな坂を下るように進行するのではないので、「病気だから仕方ない」とはいうものの、せっかちな私は「ぽ〜れぽ〜れ」（スワヒリ語でゆっくり・やさしく・おだやかに）が難しくて辛く感じます。困っている保夫さんの行動を具体的にあげて、環境に手を加えたり、自分の接し方を変えたり、できないものは病気だから仕方ないと割り切ってお世話をしています。本人が一番辛いはずとはいうものの、介護者である自分の不安な気持ちをどうおさめるかに苦労します。そんな時、「認知症の人と家族の会」を通して仲間がいると思えること、同じ道を通って、それぞれに介護を工夫しながら歩んでいる仲間がいると感じることができるのは大きな救いになっています。

奥様を介護された在宅介護の方は、車いすになっても亡くなる５か月前まで、お店の方に予めそのことを話しておいて、外食を続けていたそうです。私はこの日は鰻を細かくつつきながら食べ、ご飯を残している保夫さんを見て、「介護中」の札を首から下げました。よく通っているお店では夫が認知症と知らせています。近い将来、男子トイレに入る時はもちろんのこと、いつも私の首に「介護中」の札をぶら下げていた方がいいのではないかと思い、覚悟を新たにしました。

認知症の介護者の疲れと孤独感 ——2012年11月23日

「排泄問題が出てくるのは、だいぶ症状が重くなってからです」と講演会で聞いたことがあります。在宅介護で何とかできるようにと、今まで情報を集めながら頑張ってきましたが、周辺症状で悩まされていないからといっても、疲れを感じます。東京直下地震の予測に加え、この夏の暑さもこたえました。

排泄問題は、朝、頃合いを見計らってお腹をさすると排便を促すことができるようになっています。保夫さんは65歳だし、まだ元気で、他にどこも体調に悪いところはなく、少し前までは健脚を誇っていたくらいです。重いものを持ってくれるよう頼むことはあまりできなくなりましたが、本人が嫌がらない限り、腕を組んだりして目的地まで行くことは何とかできています。

ですが、服薬はよく見ていないと、コップの中に薬が残っていたり、溶かした薬を捨ててしまったりします。食事のスピードが遅くなり、途中でやめたりします。私が口に運ぶこともよくあります。舌を前方に出して口を開けるので、食べさせるのに苦労します。デイサービスでは何とか一人で食べているようです。夜、ベッドに横になる時、枕と頭との位置関係がうまく取れず、壁に頭をゴツン！　枕に頭がうまく収まると、やれやれ一日の終わりです。私もそれ以後は一人で起きている気もしないので、隣の部屋でおやすみなさい。でも、なかなかすぐには寝付けず、睡眠導入剤を服用していても、明け方まで眠れなかったりします。

症状はまだらに出るとも言われています。時々、あら、まだこんなこともできると驚くこともありますが、症状が重くなるにつれて、何となく私まで気が重くなり、

「認知症の介護者の孤独・孤立」もなるほどと思うこの頃です。あれもこれもできなくなる。一緒に楽しんできたことも少しずつ無理になる。保夫さんの症状に合わせて、私の生活もそれに合わせて変えていかないことには続かない。それでも、生きていて側にいてくれるだけで、生きる張り合いがあるというものでしょう。「この人より先に死ねない」という思いです。

人生においての一番のストレスは「伴侶を失うことだ」と言われています。これからの介護はもちろん、長ーい介護の後、保夫さんを失った後の自分が不安です。

「認知症の人と家族の会」との出会い

問題を分かち合うことの大切さ（Share Problems）――2013年1月13日

「言わなくてもわかって当然」という「お察し文化」の根付いている日本。未だに根強い封建時代からの家長制度のようなものまで存在し、夫婦間でもなかなか本音で話すことが難しく、自分の本当の気持ちに気づかず、否定的な感情を持たないようにと無理をすることがありませんか？　世間体をはばかり、家族の問題を話さない傾向が強く、認知症は恥ずべき病気との認識がまだまだ根強いようです。世間ってどこまでの範囲をいうのでしょうか？　私には関係ない！

知ってもらって初めて援助を得るのが可能なのでは？と、私は夫の若年性アルツハイマー型認知症を隠しません。保夫さんと一緒の外出時は「介護中」の札を首にぶらさげ、必要に応じてそれを隠したり、取り出したりしています。介護者の私の気持ちが楽になり、ちょっとした親切にも出会います。

介護中の辛い気持ち、大変な思い、嬉しかったことなども、全て気兼ねなく話せる仲間がいれば、そのようなサポートグループの存在が、この大変な介護の問題を乗り越える力を与えてくれることだけは確かです。直接的な介護疲れもさることながら、今までの人生や人間関係のひずみがもろに影響し、くっきりと出てくるものです。

「ホウレンソウ（お互いの報告、連絡、相談）をしっかりしてきた伴侶」ということを考えれば、介護する人のベストは夫か妻でしょうか？　年齢も近く、生活史を共有しているので、相互理解がしやすいからです。でも、排泄問題が出たらこれはまた別問題。認知症の理解がなければ、対応のまずさで症状も悪化します。介護する人の疲れ具合も考慮しなければなりませんし、介護する人の休息も考慮しなければなりません。認知症の人一人に対して結局は2～3人で対処しないと、うまくいかないということでしょうか？

英語では「Share Problems!」と言います。お互いの問題を話し合っていると、自分の問題もはっきりしてくるし、自分で解決法を見つけ、話してわかってもらっただけですっきりして前向きな気持ちになって明るくなれることがよくあるものです。聞いてくれてわかってくれそうな人に話して、気分転換を図る「井戸端会議」のようなものです。「集団独り言」（みんな勝手にてんでバラバラに自分のことを話す）にならないように注意しなければなりません。同じような問題を抱えている人達のグループで話し合って、問題提起をしていけるようであれば、世の中を変えていく力にもなります。

私達夫婦は幸いにもそんなグループに出会いました。公益社団法人「認知症の人と家族の会」主催「全国本人交流会・笹川のつどい」です。毎年、春と秋に２泊３日で新潟県との県境、朝日町笹川で、認知症の本人と介護者達が一緒に寝泊まりをして、運動やカラオケなどを楽しみ、陶芸教室に参加し、スーパー銭湯「らくち～の」に一緒に入って裸のお付き合いまでするので、親しみはぐっと増します。それに何といっても富山県支部の世話人達の作ってくださる食事の豪華さとおいしさで、すっかり打ち解けること請け合いです。築１５０年の古民家や共生の里などを利用し、プライバシーを考慮してカーテンで仕切られた〝個室〟まで用意されています。準備などの手間暇を考えただけでも大変です。それを喜んでやってくださる富山県支部のチームワークには頭が下がります。こんな体験ができただけでも、若年性認知症になってもそう悪くはない（!?）と希望が持てるというものです。県外では最多の６回参加の私達ですが、症状が進むにつれ、参加もいよいよ難しい状況になってきました。

私達ができることは、「若年性認知症になっても、こんな素敵な機会が訪れますよ！」とお知らせすることと、会員を増やすことに協力することだと思っています。若年性認知症の方々の困難な状況を少しでも理解してもらい、良い方向に仲間と一緒に、少しでも明るく向かうことができるようになると伝えることだと思っています。

P.S. 1月13日（このエッセイを書いた日）、当時はまだ珍しかった心筋梗塞で、私の父が52歳で突然亡くなってから50年。今日でちょうど半世紀になりました。47歳の母は進学・受験を控えた4人の子どもを残され、悲しむよりも恨めしかったと当時の心境を吐露してくれたことがあります。私は大学受験を控えた17歳。人生の大きなターニングポイントでした。

全国本人交流会（第10回笹川のつどい）　——2011年10月14日〜16日

10月14日（金）から3泊4日（オプションの立山登山を含む）、「認知症の人と家族の会」が主催する全国本人交流会に参加しました。保夫さんの症状が進み難しいかなと思った4回目の参加も、サンフランシスコから次男が駆け付け、サポーターになってくれたおかげで難なくクリア！　保夫さんは終始ニコニコ、親子でじゃれ合って、私は楽チン、とても楽しい4日間でした。雨が激しく降ったので心配していた立山登山の日は晴天に恵まれ、見事な紅葉や地獄谷の散策を楽しむことができました。

山あり、川あり、畑あり、田んぼありの「日本の原風景」の中にある勝田さんのお家は、築１５０年の古民家です。自在鉤の付いた囲炉裏の周りでお茶を飲みながら語り合ったり、五平餅を各自作って食べたり、カラオケを楽しんだりする思い出は何にも代えがたく、参加者の心の奥に深く刻まれていることでしょう。県外からの参加者では4回目ともなると最古参。それだけ若年性認知症は進行が早いということでしょう。保夫さんにも排泄問題がでてきたので、今回は「らくち〜の」の温泉にはつからず、勝田さん宅の岩風呂を利用させていただきました。着いた日の夕食には、大きな蟹の足やブリのお刺身が、ビールや富山の家庭料理と一緒に食卓に並びました。お米はもちろん勝田さんの田んぼでとれたものです。一食５００円では申し訳ないような食事の豪華さです。お手伝いで台所に出入りしていると、ここが何だか「心の故郷」どころか、勝手知った我が家（失礼！）のような気分になるから不思議です。

今回からは参加者も増えて総勢38名になりました。富山県支部は布団やカーテンを買い足したり、車の手配に苦慮されたりと、準備が今まで以上に大変だったと感謝の気持ちでいっぱいです。新たに参加された京都、福島、千葉、新潟の方々は、こんな所があったとはと感激され、大阪、広島、東京からの人は富山の人との交流を更に深め、強い絆で結ばれました。

それに何といっても今回は、若年性認知症では世界的な権威のある片山禎夫先生が広島から参加され、3日間の日程を一緒に過ごしてくださったのです。2度にわたって若年性認知症の最新事情とともに「笑顔になれる仲間づくり」と題して、お話ししてくださいました。寝る間も惜しんで、全員の個別相談にものってくださったので、参加者の皆さんは大きな安心と安らぎを得られたことと思います。

合宿中の講演会で配られた片山禎夫先生の冊子にこう書かれていました。

若年期認知症の人と家族へのケアの理念

大丈夫？なんて思われたくない。頑張ってなんて言わないで。決してかわいそうなんて思わないでください。もし、よかったら、一緒に笑顔で暮らせる方法を探して、実行してください。私たちは今日まで生きてきました。子どもの頃、学生の頃、仕事、結婚、子ども、知り合った人々と共に。

自信も誇りも築いてきました。病気しても失うものは何もありません。でも、できないこともあります。そこばかりを指摘されると、自信も誇りも失ってしまいます。

あなたの笑顔が励みです。自分たちとともに、健やかな人といると心地よいのです。

皆様の笑顔で、若年性認知症の人とそのご家族を支えてください。いや、一緒に、共に楽しい人生を過ごしてください。一瞬でよいのです。笑顔でこんにちは。

今回、保夫さんは皆が驚くほどのエネルギーを発揮していました。笑顔で共に過ごせる仲間の存在がどれほどのものであるかを深く味わってきました。片山先生も交流会のメンバーと一緒に笑顔で遊んで仲間づくりに貢献してくださいました。

ゆっくり過ごした1日目、2日目のこともお話しいたしましょう。

朝食の後は片山先生のお話があり、その後は本人グループ、家族・サポーター別の話し合いがありました。皆で作った五平餅の昼食の後は、陶芸教室で参加記念の思い出の品を窯で焼き、近くの共生の里「体育館」で卓球、バドミントン、ダンスを楽しみました。夕食後はお国自慢で地方別の出し物に笑い転げました。何か月も踊っていない私達のタンゴまで披露できました。その後です。勝田忠温さん（お世話になった勝田登志子さんの夫）の指導で、保夫さんは歌を歌い、Sさんと一緒に口笛を吹き、先頭に立ってリズムに乗って歩き出したので、次第に大きな輪になってジェンカを大勢で楽しむことになりました。こんなことは初めてです。保夫さんの信じられないようなエネルギーに圧倒され、笹川全国交流会の持つ底力を感じたものです。

あなたも大切、わたしも大切（在宅介護か施設介護か？）

――２０１３年１月21日

在宅介護でも施設の介護でも、それはそれぞれの事情があってのこと、どれがいいとは言えず、少しでも後悔の少ない介護を目指すことが大切だと思います。人の気持ちや決断はその時々の状況、自分自身、相手によって変わって当然なのです。情報や知識をたくさん得るように努力しなければいい選択はできません。

ここで介護に関わる2本の映画を紹介します。『最強のふたり』『「わたし」の人生（みち）我が命のタンゴ』です。両方ともとても心に残り、介護者にとって参考になるものでした。

『最強のふたり』はヨーロッパで大ヒットした2011年のフランス映画。私は二度観ましたが、そのうちの一度は保夫さんと一緒に観ました。大金持ちの男性の首から下が、パラグライダーの事故で麻痺して機能しなくなったので介護者を雇うお話です。それが介護にはド素人の黒人なのですが、何もかも全く違う二人のコンビネーションがよく、理想（⁉）の介護が在宅でできた例です。そう、大金持ちでそれだけの条件がそろえば施設利用なんて考える必要なし！　痛快そのもののお話です。ヒットした理由もよくわかります。

『「わたし」の人生（みち）我が命のタンゴ』は日本映画で、医師の和田秀樹さんの監督作品です。2012年に公開されました。こちらは、前頭側頭型認知症の父親と娘の介護のお話。大学教授の娘が父親の介護で疲労困憊し、本人や周りの気づかぬうちにうつ状態に陥って、とうとう仕事を辞める決心をする「日本での典型的な介護離職」のお話です。親の介護のために離職に追い込まれるようでは「福祉国家」とはとても言えず、これから迎える更なる高齢化社会に危機感を覚えます。それほどまでに介護で追い詰められてからでは遅いのです。

「在宅介護」を奨励する傾向の強い現在の日本のシステム・状況には強い不満を覚えます。もっと身近に質の高い特養がたくさんできることを望みます。それには介護職員には公務員並みの給料にすることが大切です。そのようであれば、難なくこの問題もクリアできると思うのですが……。

若年性認知症の本人は若く体力もあります。本人の認知症を認めたくない気持ち、悔しさも計り知れないものと思います。介護者にとっても長い介護で、高齢者とは違い、いつまで介護が続くのか、介護者の疲労具合もまた計り知れないものがあります。私は腰痛で悩み、夏にはストレスによる目まいと嘔吐で入院を勧められたこともありました。保夫さんもデイサービス通所に疲れを感じたのか、通所を嫌がることがありました。息子達とも話し合って、三井記念病院の特養に申し込んだ頃から、デイサービスの迎えの車に乗るのを嫌がるようになり、とうとうこの年末年始になってからは拒否するようになりました。

本人の症状もここのところつるべ落としで進んだ感じで、「何で認知症になったのだ？　認知症になったことが悔しい！」と思っていることが手に取るようにわかるのです。誰にとっても必ずこうした危機は訪れることでしょう。「温和で、温厚。笑顔が素敵」と言われる保夫さんも例外ではありません。自分の頭をたたいたり、うなったり、泣いたりもします。それを支える介護者の気持ちは「どうしようもなくて辛い」の一言です。背中をさすりながら、一言そっと「辛いネ」と言っていました。そしてそれが介護者の疲れを増幅させることにもなります。

「あなたも大切、私も大切」というゴードン博士の（Credo）を紹介いたします。

Credo（信条）

私はあなたとの人間関係を大切に思っています。この関係を続けたいと思っています。しかし私たちはそれぞれ別の人間です。あなたにはあなたの、私には私の固有な欲求があります。その一つ一つの欲求を満たす権利をもっています。ですから、あなたが自分の欲求を満たそうとしている時、または欲求を満たそうとして問題にぶつかった時、私はあなたの行動を心から受け入れるようにします。

あなたがあなたの問題を話してくれるなら、私は心から受け入れ、理解するように努めます。そうすることで、あなたが私の解決に頼るのではなく、あなた自身の解決を見つけられるよう手助けしたいのです。あなたが自分の信じるとおりに選び、大切に思うことを推し進める権利を尊重します。たとえそれが私の考えとは違っていても。

しかし、私も私の欲求を満たさなければなりません。ですから、あなたの行動が私の欲求を妨げ、私が受け入れられないと感じた時は、それがどのような影響を与えているかを率直に伝え、私の気持ちを正直に話します。あなたが私の欲求と感情を尊重し、私のために行動を変えてくれると信じています。あなたが私の行動を受け入れられないと感じた時は、いつでも率直に話してください。そうすれば、私はあなたのために行動を変えることができます。

あなたも私も、相手の欲求を満たすために自分の行動を変えることができないと思う時があります。その時は二人の間に対立があることを認めましょう。そして、力や権力を使って相手を負かし、自分が勝つというこれまでの方法とは違うやり方で、対立を一つ一つ解決したいと思います。

私はあなたの欲求を尊重していますが、私の欲求も大切にしたいのです。そのために、あなたの欲求も私の欲求もかなうような、お互いに受け入れられる解決策を真剣に探したいと思います。そうすればあなたも負けることなく、二人とも勝つことができるでしょう。こうしてあなたも私も自分の欲求を満たしながら、人間として成長し続けることができるのです。

Dr. Thomas Gordon

これは妥協とも違います。双方が勝つ（という欲求を満たす）ことのできる、「勝負なし法」と呼ばれるものです。これぞ民主主義そのものです‼

認知症になっても心は生きています。保夫さんの態度や表情を読む努力をしながら介護ができるよう心がけています。そして、これが保夫さんの笑顔の源泉になっています。共に歩んできた道はこれからどのように変化していくのでしょうか？

私は認知症の夫であっても、とても誇りに思っています。共に歩んでここまで来たことを感謝しています。ただ、私もごく普通の人間なので、保夫さんにとって辛い思いをさせることがあるかもしれません。「認知症という病気を抱えた弱者」である保夫さんは、その場で言い返すこともできないので、申し訳ないと思います。言葉を失い自分を表現できないことは、とても大変なことなのですから……。

P.S.富山県の勝田さんからこの記事にいただいたコメントには、勇気づけられます。

「在宅が一番幸福などというのは間違いです。それぞれの選択をすることです。夫婦で合意されていることは本当にすごいなーと思います。今、国の方針は『在宅へ、在宅へ』ともっていこうとしています。在宅を望み対応できる間はいいのですが、あくまで安上りのケアを狙っていることは間違いありません。私は田渕さん夫婦の決断というか、考え方に賛成です」

一緒にお風呂に入っている時、保夫さんは湯船の中で立てなくなりました。二度目でしたので、慌てずにお湯を抜いて、寒くないようにしてから、勝田さんのコメントと「あなたも大切、私も大切」を読んで聞かせました。そして、「さあ、立ってちょうだい！」と言ったら、スクッと立ち上がったのには感動しました。勝田さんありがとう！　もう腰を痛めないで済みそうです。

区分申請で要介護５に　――２０１３年１月

年末年始からの大変な介護の状況から、やっと抜け出せた（？）感じです。今年１月の区分申請で、保夫さんは要介護５になりました。特別養護老人ホーム 三井陽光苑の入所が少しでも早くなるようにと願って、私は施設でのベッド・シーツの交換ボランティアを再開し、私自身も落ち着き始めました。週３回のデイサービスで生活のリズムも新しくなり、タクシー利用での通院通所になりました。

精神科に対する偏見

受診へのとまどい

保夫さんの異変にも早く気づき（私のうつ病と重なりましたが）、躊躇なく受診に結びつけられたのも、私自身の経験からです。実は私は当時、自殺未遂を図りました（これは二人だけの秘密でしたが……）。保夫さんは「わかったよ」と言って、その後は周囲の協力を得ながら、私の気持ちに沿う受診に結びつけることができました。重く長かったうつ病でも、判断力や行動力はそれなりに残っていたのです。

「うつ病」と「若年性アルツハイマー型認知症」同時進行で通院

その後、同時進行で私のうつ病と保夫さんの若年性アルツハイマー型認知症の初期の治療が三井記念病院の精神科通院で行われました。２０１３年の１月から私も一緒に先生の診察を受け（双極性障害）、睡眠導入剤を処方してもらっています。また、去年の夏にストレス性のめまいと嘔吐を経験したので、秋（２０１２年９月）から月に一回のカウンセリングを受けて、おしゃべりを楽しみながら予防につなげ、今後の不安や心配事を少なくするように心がけています。

アメリカ人と言われるゆえん

精神科受診やカウンセリングに通えていることが、とても恵まれていると感じているのですから、これが私が「アメリカ人」と言われるゆえんの一つでしょう。遠くに住む息子達も私がカウンセリングを受けていることで安心しています。私達がサンフランシスコ郊外の家を売って本格的に帰国する時は、私にカウンセリングを受けるように息子達は強く勧めました。その時受けたカウンセリングで、今後の日本での生活のアドバイスをもらいました。「認知症（うつ病も？）に対する理解を広めるお手伝いをしたい」と願うのはこんな理由もあるからです。

国によって異なる精神科へのイメージ

「うつ病は心の風邪」というパンフレットをアメリカの医院で見かけたことがあります。誰でもよくかかる風邪のように考えて、受診を勧めるものでした。ひるがえって日本では、精神科を受診しているというだけで変な目で見られてしまいます。

日本に帰国して以来、保夫さんの付き添いのためにも、ずーっと夫婦で精神科に通い（私は2013年1月〜）、カウンセリングも受けるようになったので（2012年9月〜）、受診に対する抵抗がないだけでなく、心待ちにしているくらいです。

先日軽い気持ちで精神科を勧めたら「立ち直れないほどショックを受けた」と言われ、私も心に打撃を受けました。うっかりしていました。もっと気軽に精神科やカウンセリングを受けられるような土壌が日本にあればと強く思います。

心の病は増えこそすれ、これからも減ることはありませんので……。

介護抵抗　――２０１５年２月５日

テレビから「若年性認知症の方は介護抵抗が特に強いと言われています」の声が聞こえてきました。「あーそうか。保夫さんだけが特に強いというわけではないのだ」とストンと胸に落ちました。私の今の悩みはそのことなのです。介護する方に申し訳ないと思うし、私も手をギュッと握られて痛い思いをすると、保夫さんと接触するのを避けてしまいます。まだ若いので力は強いし、手を強く握られると本当に痛いのです。様々な工夫を凝らして、試行錯誤しながら保夫さんを介護してくださる方々に対して、頭の下がる思いがいたします。私のできることといったら、保夫さんが少しでも穏やかに過ごせるように、昼の食事介護を含めた時間を一緒に過ごすことくらいです。入所して2か月ちょっとたった今は、少しばかり介護抵抗の力が弱まったようです。環境に慣れ、人に慣れることの大切さを知りました。

第５章

夫との別れ
——残された人生を前向きに楽しく生きるための模索

保夫さんの看取り　――2018年10月18日

2016年9月、特別養護老人ホーム 三井陽光苑から真夜中に電話があり、「これから救急車で保夫さんを三井記念病院まで連れて行くので、すぐ来てください」と連絡を受けました。家から特養まで歩いて20分ぐらいの所ですので、タクシーに乗って到着すると「あら、早いわね！」とびっくりされました。口からドロッとした赤黒い塊を吐いて、シーツや床を汚していたのです。急性膵炎でした。それから翌年の2月8日に亡くなるまで、5回（誤嚥性肺炎、肺炎などで）救急車に乗って三井記念病院で手当を受け、それぞれ何日間かを病室で過ごしました。最後は急性期の病院ということで転院を迫られましたが、私の強い希望で、入所していた特養で過ごすことができました。初めてのケースなので何かあった時に責任の所在を「はっきりさせるため」に、私達家族3人全員（次男はサンフランシスコから来日していました）のサインを求められました。特養側の介護職員、相談員、栄養士、看護師、医師、それに頼りにしている私の妹も出席してくれました。芦花ホームの石飛幸三氏の著書(注)を見習いたいと願っており、また何年も前から夫婦で日本尊厳死協会の会員になっていたので、願いがかなってほっとしました。保夫さんには安らかに苦しまずに逝ってほしかったのです。陽光苑の医師には「いい選択をなさいました」と言っていただき、とても嬉しかったです。

（注）『家族と迎える「平穏死」――「看取り」で迷ったとき、大切にしたい6つのこと』
　石飛幸三著、廣済堂出版、２０１４年

特養に戻ってから2週間、口の中をほんの少し湿らし、痰を取るのを口からだけにして、ベッドの上で過ごしました。もう本当に痛々しいくらいに痩せて軽くなっていました。お風呂に入れていただいた時は、気持ちよかっただろうな、これが湯灌になるのかな、ここに居たからこそできたこととありがたく思ったものです。翌々日に呼吸が浅くなったと感じた時、すぐ近くに昼食を食べに出かけた長男に連絡しましたが間に合わず、とても残念でした。８回クックと喉元が動いた後、白目がぐるりと回転すると息を引き取りました。息を弾ませ息子が戻ると、ごく自然に父親の遺体の目を手で覆って閉じ、手を組ませてくれました。勤務中の医師に「ご臨終です」と告げられたのが午後1時36分。これで終わったとの安堵感もあり、不思議と涙も出ませんでした。

私の目をまっすぐに見つめて、話したそうにしていたことがあります。言葉はとっくに失っていて、口だけパクパクさせていたので、「そう、わかった。私からもありがとう」と簡単に伝えただけでした。何回か車いす散歩の時に「一緒に過ごせて楽しかった。おかげで私の人生も充実していたわ。ありがとう」と伝えていましたので……。私は後で気が付いたのですが、その時もっとちゃんと膝をついて手を握り、しっかり心を通わせればよかったと今でも思います。膝の手術をしたので、痛くて膝をつけなかったこともありますが……。また、死期30分ぐらい耳は聞こえているので話しかけたらいいということもすっかり忘れていました。保夫さんは握力が強く、病院でも施設でも介護する人の手や手首を強く握るので、困っていました。きっと不安がそうさせたのだと思います。青梅慶友病院では看護師が自らの手にクリームを塗って、するりと抜けるように対処していましたし、三井陽光苑では「それが保夫さんらしい」と次第に慣れていってくれたようです。私も痛くて手を握るのを知らず知らずに避けていたのです。また歌が好きで歌のレパートリーが広いと驚かれていました。

息子達も大好きな「お父さん」を心置きなく見送りたいと、無理をしてでもそばにいてくれました。特養の職員もお別れに病室を何度も訪ねてくれ、また葬儀社の方と一緒に施設を出る時は大勢の職員が見送ってくれたので、私はこの時初めて肩をふるわせ、こらえきれずに泣いてしまいました。息子が心配して「お母さん大丈夫?」と聞きました。それから待機中の霊柩車に乗り込みました。

特養で2年間過ごしたことになります。私はひざの手術で一か月間入院しましたが、それ以外の日々は毎日午前中保夫さんと一緒に過ごし、車いすで散歩をしたり、スズメに餌をやったり、背中のマッサージをしたり、お昼ご飯の介助をしたりしていました。特養の入所を待つ間、3か月ごとの転居は避けたくて、青梅慶友病院に入院し、1年半を過ごしました。片道2時間かかるので、週2回通うのが限度でした。費用は確かにかかりましたが、不都合を救ってくれました。感謝です。

若年性アルツハイマー型認知症は治るということは絶対にありません。いずれ必ず訪れる死に慌てて、疲れすぎたり後悔することのないように、保夫さんの生前3度も近くの葬儀社と打ち合わせをしていました。遺影も事前に専門家の写真を用意しました。無宗教のお別れ式にするのが一番しっくりすると考えていました。ニッセル神父様の葬儀の時にも演奏された讃美歌の405番『かみともにいまして』を歌うこと（行く路を守り……また会う日まで　また会う日まで……という歌詞がぴったりなのです）、モーツァルトのレクイエムを流すこと。親族のみの参加にして、それぞれにカードにメッセージを書いてもらってそれも棺の中にいれるなどを決めていました。

お花は色とりどりたくさん飾ることにしました（前日に最終打ち合わせをした時、お花代を聞くのを忘れてしまいました。後でショックを受けました。花代だけで何と52万円もしていたのです）。そのお花を全部棺の中に入れました。精進落としが終わったのは夕方の5時頃。小さな子どもも3人ほど参加していたので、ちょうどよい位の時間と感じました。振り返って、生前親しくしていただいた元の職場の同僚をお呼びすればよかったかなと思わずにはいられませんが、16名もの参加で寂しくはありませんでした。

亡くなった時保夫さんは69歳10か月でした。栃木県黒磯市（現在の那須塩原市）から一人上京し、勤めながら夜間の明治学院大学を卒業し、幸運にも優秀な先生に巡り合って大好きな英語の勉強を続け、「トーストマスターズクラブ（アメリカのスピーチクラブ）」に所属して磨きをかけていました。そんな時に私と巡り合いました。優秀で明るく努力家で、日本コンベンションサービスでの英語の勉強会では森先生の愛弟子でした。そしてそこで保夫さんは翻訳者として働いていました。私は体の調子を崩し、日本航空を退社して、そこで社長秘書をしていました。

今年で結婚46年になりますが、あの頃赤いスクーターに乗って都内を走り回っていた保夫さんの姿が目に浮かびます。

共に生きる　――２０１８年12月８日

少なくとも月に一度は社会福祉法人・三井記念病院に掲げられている「共に生きる」と墨で書かれた大きな力強い字を見上げています。14年前、帰国してから夫婦でずっと通い詰め、お世話になっている病院です。１年10か月前に69歳で亡くなった夫は若年性アルツハイマー型認知症で、私は双極性障害（躁うつ病）なのです。よくも夫婦で珍しい（？）病気になったものだと悲しく思った時期もありました。ダブルパンチです。幸い今の私はリーマスを毎日１錠服用し、定期的にカウンセリングに通って、変調があるかどうかを客観的に診察してもらうことで済んでいます（精神科に通うという偏見が少しでもなくなるようにと願いながらの告白です）。

そして、私達の主治医である精神科の先生とは、毎回3分程度の診察しかかなわなくても、心を通わせ、力強いサポートをしていただいています。「写真の整理をしたらどうですか」「旅行は今のうち」「おいしいものは食べていますか？」……保夫さんが思いがけず若年性アルツハイマー型認知症になって、〝思い描く老後〟が無くなった私達に対する思いやりの言葉でした。私はその言葉で、保夫さんが動けるうちは心置きなく、できるだけおいしいものを食べ、行きたい所に出かけることができました。

直近では、「サンフランシスコ湾ゴールデンゲートブリッジの下での散骨希望です」とためらいながら伝えると、「僕も散骨希望です」とおっしゃって背中を押してくださいました。また、私はアメリカ市民権を取得した息子達の母親なので、アルツハイマー型認知症を患った保夫さんの看病のため永住権は放棄したものの、できればアメリカで死にたいと思っているのです。これは大きな決断ですが、反対されず嬉しく思っています。73歳の私はもうすぐ後期高齢者になるので早くしなければなりません。今のトランプ政権下ではアメリカの弁護士を通じても移住手続きには1年～1年半かかるそうです（実際には、私の場合は２年２か月かかりました）。

一緒に住むことになる次男は、高校時代からの彼女と15年近くのお付き合いです。二人の間には二男一女の子ども達と犬二匹がいて賑やかに暮らしています。「毎日毎日ワイドショーだよ。テレビなんていらないよ！」と子煩悩な息子のいう暮らしぶりを眺められるので、わくわくしながら移住許可を待っています。救急車を呼ぶのは高くつくし、医療保険も介護保険も高額なアメリカでの生活は、後期高齢者にとっては特にお金のかかることです。ピンピンコロリで死ねる確率は５％だそうです。ですから、65歳からの高齢者保険と言われるメディケアが、どの程度のものなのかを調べなければと思っています。向こうの老人施設もできればあちこち見学したいです。子育ての大半になる17年間も家族で暮らし、保夫さんも余生を過ごしたかったアメリカに戻りたいという気持ちもあります。また借間料を支払うことで息子達の負担を軽くし、息子夫婦二人での外出を手助けするために、ベビーシッター役も引き受けます。アメリカでは12歳以上の人がいなければ、子どもだけの在宅は許されません。また、私の存在によって孫達が、日本文化や日本語にもっと興味を持ってくれたらと願っています。

第26回笹川合宿に参加しました　――２０１９年10月18日

富山駅から「あいの風とやま鉄道」に乗って泊駅に着くと、いつものように勝田登志子さんが新しい車で出迎えてくださいました。「今年のもち米はイノシシにやられて全滅。熊も出るし、サルも出るし、まるでサファリパークや」との言葉に、思わず笑ってしまいました。

赤とんぼの大群が飛び交っているのを見たり、イノシシの足跡を見たり、サルが2匹屋根の上で座っているのも見ました。２日目のＢＢＱでは、あらかじめ味付けしてあるイノシシの肉を、「敵討ち」とばかり、たくさんおいしくいただきました。前日は雨がザーザー降り、合宿終了の翌日はスーパー台風19号の到来。笹川での３日間は晴天に恵まれ、「参加できるのはこれが最後になるかしら」と思っている私には天からの恵みでした。

築１５０年の古民家での２泊３日の笹川合宿は保夫さんも大好きで、とても楽しんで参加していました。あの頃は日本全国からの参加者が加わって賑やかでした。もう数えられなくなりましたが、今回で13〜14回目くらいになるのかしら？　初回から全参加のMさんと保夫さんは同じ年。一緒に口笛を吹いて楽しんでいたSさんは亡くなられて、奥様だけの参加。今回は岐阜県から初参加の夫妻も加わって楽しそう。時の移ろいを感じます。ハーモニカやオカリナ演奏に支えられて、たくさん歌も歌いました。また、男の人も女の人も赤い襦袢で作ったスカートをはいてフラダンスを踊って、大笑いもしました。介護での困ったことや悩み事、何でも話しました。認知症当事者と介護者が分かれての話し合いはピアカウンセリングと呼ぶにふさわしいものです。また食事のおいしいこと!!　地元の食材をたくさん使った、まさに健康食。ついつい食べ過ぎてしまいます。胃薬持参で準備オーケーの人もいました。

皆でお風呂にも入って、身も心も磨き上げ、明日への活力を養う笹川合宿です。

サンフランシスコ湾に散骨に行ってきました（海洋自然葬）

――２０１９年8月21日

「お墓はどうするの？」という問いに、「海に散骨するの」と応えると、「え⁉」と言われてしまいます。

私達の年代（昭和20年生まれ）ではエドウィン・ライシャワー元駐日大使（東洋史研究者、ハーバード大学教授）が散骨されたことを知る人も少なからずいるのではないでしょうか。評論家の山本七平さん、実業家の邱永漢さん、女優の乙羽信子さんもそうです。

アメリカの映画でジョージ・クルーニー主演の『The Descendants』（世襲の、子孫）（注）ではハワイでの散骨を抒情的に美しく描いていました。ごく身近な例としては、一緒にメキシコクルージングをした仲間の一人はサンフランシスコ湾に散骨されましたし、私達のダンスの先生だったカズダン氏は、雨で遺骨が流れてしまうような樹木葬でした。保夫さんの生前、私達は「散骨がいいね」と話していたものです。遺骨は土に還ると言われています。それと同じように、海の藻屑となるのはまだまだ抵抗があるのでしょうか？　世界中につながっている海に散骨するのは、私には素敵でロマンチックだと思えるのですが……。

（注）『The Descendants』（邦題『ファミリー・ツリー』）２０１１年、アメリカ

保夫さんの海洋自然葬は波の穏やかなサンフランシスコ湾のゴールデンゲートブリッジを少し過ぎた所で行われました。皆既月食が見られると騒いでいた日のことです。出発は対岸のおとぎ話に出てくるような美しい小さな町、サウサリートからです。ボートをチャーターし、キャプテン、甲板員、そして息子二人の家族、サンフランシスコ市内に40年近く住んでいるというリン京子さんと私。合計12名の乗船でした。途中ボートが揺れた時は2～7歳の孫達のことが気になりましたが、幸い船酔いもせず、何とか全行程1時間半を過ごすことができました。たくさんのバラの花やバラの花びら、くちなしの花、そしてワインや軽食まで用意することができました。所定の場所

に着くと、小さな船は3周します。一回目はバラの花と香り豊かなくちなしの花、2回目は散骨と私の挨拶（牧師が呼ばれることもあります）。3回目は再びバラの花びらと赤白のバラが湾に散っていきました。4人の小さな可愛らしい孫の手からも花が散っていきました。友人が持参してくれたワインで献杯もできました。心に残る良い見送りができたと思っています。

保夫さんは約17年間、サンフランシスコの本店で銀行員として勤務しました。二人の息子達はアメリカの教育を受けて育ちました。この思い出深い地で、葬儀から半年後に、こうして家族全員そろって散骨を無事済ませることができました。ようやく全てが終わったという安堵の思いと悲しみが湧きあがってきました。

『千の風になって』という歌が流行りました。少しずつ日本のお墓事情も変わってきているようです。先日のあるテレビ番組では、行き場のない遺骨が散骨されるということが強調されているように思いました。昨今のお墓事情を考えるとそういうこともあるかと思いますが、もっと前向きに考えてもいいのではないでしょうか。

海洋自然葬はまだまだ身近ではないので、遺骨をアメリカまで持っていく時に、どうしたらいいのかと思い悩みました。火葬証明書と死亡診断書を航空会社に見せて、骨壺に入れたまま出国審査を通過しました。遺骨は砕くこともせず、そのまま骨壺から散骨しました。息子達の共同作業で、日本人に依頼するとかかる費用より、はるかに安く（チップを入れての支払いが６５０ドル、ただし花代と軽食などは別）散骨できました。相場のない日本の葬儀事情に一石を投じることができたらと願っています。

保夫さんと行きたかった海外旅行に一人で行きました

スイス、ドイツ、フランス・8日間の旅　——2018年2月4日～11日

保夫さんが亡くなってから1年、ヨーロッパは寒い冬の季節なので、参加者は少な

いと思っていました。新婚旅行10組を含む33名、ほとんどの人は海外旅行が初めてで、日本の各地からの参加者です。私は保夫さんの一周忌をスイスの山で迎えようと、写真を持参しての旅でしたが、何だか修学旅行のような気分になりました。天候に恵まれ、行く先々、降っていた雨や雪も止んでいました。雪解けで、足元がおぼつかなかったのは、パリだけでした。「晴れ男の保夫さんのおかげだわ」と勝手に有難がることにして、バッグの中の写真を取り出して眺めていました。

毎日朝の6時にホテルで朝食を済ませ、7時半頃にはバスに乗り込み、効率よく夕方まで名所巡りです。ノイシュバンシュタイン城やモンサンミッシェルで階段をいくつも登らなくてはならない時は、最年長の私はもうそろそろこんな旅は限界と感じたものです。今回一番訪れたかったのはヨーロッパ一高いユングフラウヨッホのスフィンクス展望台です。高山病で手のしびれを感じましたが、次男が大学生の頃、月に2～3回は訪れた所なので感激です。幸い、私はどこに行ってもお土産を心配して走り回ることはなかったので、空いた時間はカフェで一人コーヒーを楽しむことができ、他の観光客を眺めながら至福の時を過ごしました。憧れのパリも今は泥棒君の仕事場になり、メトロで通勤してくるとのこと。被害に遭わないよう、何度も注意を受けました。「日本人は、水と治安の良さはただだと思っている」（だんだんそうでなくなってきていますが……）という言葉に何度もうなずきました。

私のように70歳を過ぎると、今までやり残したこと、したかったこと、しなければならないことをできるうちにやらなければと考えるようになるものです。保夫さんと一緒にできたらよかったのにと何度も思いましたが、かなわぬ夢になりました。保夫さんが残してくれた遺言状と生命保険の受取人にしてくれたこと（頼んだわけではなかったのに）に、また、こうして海外旅行ができることに今更ながら保夫さんの思慮深さと愛情を感じています。

アフリカ、タンザニアで4日間のサファリ体験　――2018年8月9日～

保夫さんが亡くなってから1年半、二人で一緒に是非行きたかったアフリカ旅行です。サンフランシスコに住む次男はアフリカ関係の仕事をしています。その次男一家は同じ時期、近くのセイシェル諸島で2週間のビーチバケーションです。まあ何と優雅な巡り合わせと密かに感謝したものです。

女性限定の一人旅、添乗員も入れて計6名でした。成田~ドーハまで11時間5分、ドーハからキリマンジャロ空港まで6時間15分、途中ドーハでの待ち時間、宿までの乗車時間を入れると約一日弱の行程です。時差は6時間あります。飛行機の中では眠れないし、おまけに頻尿の72歳の私にとってはとてもきつい旅と覚悟を決め、(これは亡き夫との二人での旅と思うことにして)思い切ってビジネスクラスにしました。

タンザニアの朝晩は寒く、昼はカラリと暑いと聞いていました。虫に刺されないように気を付けなければいけません。ケニアの国境に近い町アルーシャでは素敵な日本女性がとてもハンサムな現地の方と旅行会社を経営していて驚きました。次男がマサイ族に荷物をもってもらい、キリマンジャロの頂上で結婚式を執り行ったと聞いていたので、キリマンジャロが飛行機からも地上からもきれいに見えた時は本当に感激しました。5800m以上の高さです。

マサイ族の村を訪れ、彼らの生活ぶりの一端を見せてもらい、日本とのあまりの落差に改めて身の引き締まる思いがしました。これでも生活ができるのだと誰もがショックを受けることでしょう。かつてはイギリス領だったので、マサイ語と英語を話す彼らにとても親しみを感じました。「寿命の短いマサイ族にとって、認知症は無縁なのかも知れない」「かりに認知症になったとしても認識せずにすんでしまうだろうな」と思ったものです。それほどシンプルな生活ぶりです。「幸せとは満足（Happiness consists in contentment.）」高校の英語の教科書に載っていた言葉を思い出しました。

お目当てのサファリは計5回、トヨタの車で広いサバンナを駆け巡りました。乾季のため土埃とでこぼこ道には参りましたが、これもサファリ経験と楽しめました。とても幸運なことにビッグ・ファイブ（ライオン、サイ、ゾウ、ヒョウ、バッファロー）にも出会え、ヒョウがすぐ近くの木の上でガゼルを食べているのを長い間じーっと見ることができたのも、名ドライバーのチャガ族キウサさんのおかげです（仲間の分もと思い、チップは一日10ドルはずみました！）。

一つとても気になることがありました。「チップはあくまで気持ちですから」と何度もいう添乗員の言葉に「あげなくてもいいのよ」を感じ取り、「彼らは仕事がないのよ。わずかなチップが生活の糧」と反論しましたが、どうやら度ごとにチップを手渡し、彼らの嬉しそうな笑顔に数多く接したのは私だけだったようです。飛行機の待ち時間に3度も同じトイレに入り、若い素敵な女の子に毎回1ドルずつ手渡しました。3度目はさすがに二人でお互いに嬉しそうに楽しそうに顔を見合わせました。あの笑顔は何よりのお土産のような気がします。

以前サンフランシスコのフィシャマンズワーフの路上で気に入った絵を見つけた時、値切って買ったことがあります。それを見ていた次男から「お母さん、あの人達はあれで生活しているのだから、あんまり値切らない方がいいよ。かわいそうだよ」と言われたことがあります。得意げに値切った自分が恥ずかしかった。お金を返しに行こうとしたら、息子に「もういいよ」と言われた苦い経験があります。だから、特に発展途上国ではチップをケチらないようにと心しました。大枚をはたいて大名旅行のできる日本人。職場の同僚などに配るチョコレートを熱心に空港で買っているのを見て、尚更貧しい国の人達に施しのできる心意気を示せたらなーと思いました。
追伸　キリマンジャロの空港で買い物をしたら、二つのスワヒリ語のステッカーをもらいました。（1）POLE　POLE「認知症の人と家族の会」の言葉です。ぽ～れぽ～れ（ゆっくり、やさしく、おだやかに）（2）HAKUNA　MATATA　ハクナマタタ　No Problem（問題なし）
African Disease（アフリカ病）とも言われるように「アフリカの水を飲んだものは、再び水を飲みに戻ってくる」と言われています。アフリカの魅力を肌で知ることができ、いろいろ考える事の多い旅でした。

読んでみませんか？
『人生の最期は自分で決める　60代から考える最期のかたち』

私の母が亡くなるまでの2年間、また若年性アルツハイマー型認知症を患った保夫さんが1年半お世話になった、青梅慶友病院の開設者の大塚宣夫先生が２０１３年にダイヤモンド社から出版された本です。

開設以来一万人以上の高齢者に関わり、そして6千人以上のその方々の最後を看取られた経験に裏打ちされたこの本は、とても読みやすく、説得力があり、私のこれからの人生にもとても参考になる「老年の生き方教則本」です。この本のほんの一部ですが、紹介いたします。

私たちは死ぬのも大変な時代に生きています。何処まで行っても人生は楽ではありません。老後に不安を感じながら、人生の1／3近くが老後になるのでしょうか？　第一ステージは、65～75歳までの10年間で、今や老後と呼ぶべきではない時期。第二ステージはそれに続く5～10年。第三ステージ（人生の最終章）はどのように最後の瞬間を迎えるかが関心事となる時期です。

第一ステージは生活の大きな変化（定年退職等）のなかで、自立した自分の生活リズムを作っていくことです。人間の体の部品の平均的な耐用年数はせいぜい70年。メインテナンス次第とはいえ、目はかすみ、耳は遠くなり、関節はすり減り、歯も抜けたり欠けたり、物忘れもひどくなる等あちこちにほころびがでてきて当たり前、修理不能な故障も次々と発生するのが現実です。これは使えるだけましという発想で乗り越えるしかないようです。

いくら自分の理想はＰＰＫ（ピンピンしていてある時コロリ）と願っていても、かなう人はせいぜい５％以下の確立だそうです。75歳から広がる個人差は大きく、八方塞がりの状況に陥り易いのが第二ステージです。我が国における第三ステージの普通の形は、大部分の人が長生きの末には、病気や障害で寝たきりや認知症になり、家族の世話を受け、更には絶対に受けたくない惨めな、苦しい形で延命させられた挙げ句、ようやく人生を閉じているのです。今まであまりにも自分の老後、特に第二、第三ステージについて成り行き任せ、他人任せであったからに他なりませんが、人生こそは終わり良ければすべて良しの世界です。最晩年の2〜3年こそ豊かでありたいものです。言い換えれば、そこから逆算して今日から準備を始めればいいのです。

老後を誤らないための心構え：常に独立の気概を持って。周囲への役立ちの実感を失わないように。家事のできる男性は妻に先立たれても、それなりに生き延び、その分ＰＰＫ（ピンピンしていてあるときコロリ）の可能性が高まる。また、若い世代は子育てを親に任せて働き、孫育ては定年を迎えた世代の最大の役割と社会全体が認めるようになれば、一石三鳥です。

一人暮らし、大いに結構：誰でも恐れる認知症の特効薬です。周囲の人が心配するような事態はめったに起きません。本音は目障りなだけなのです。もっとも社会はなかなかそうは診てくれませんが。

余計なお世話が認知症をつくる：同居した途端にもの忘れもひどくなり、すぐ寝たきりになってしまったケースがいくらでもあります。

認知症でも一人暮らしはできる：この誰にも頼らない高齢者の一人暮らしこそは、もっと社会に評価されるべきではないかと思います。

「孤独死」をもっと評価しよう！：困るのは本人ではなく周囲の人です。一人でいつの間にか死んでいたとなると世間体が悪いとか、後の手続きが大変とか……。社会の仕組みとして家族や周囲の人がある程度定期的に訪問して会話をし、状態を観察することは必要でしょうが、一人暮らしやその延長線上にある「孤独死」は最後まで極力他人に頼らない生き方として社会的にもっと高く評価されるべきだと思います。


大塚宣夫先生は『医者が教える非まじめ老後のすすめ』（ＰＨＰ研究所、２０１８年）『医者が教える非まじめ介護のすすめ』（ＰＨＰ研究所、２０２２年）も出版されました。幻冬舎からは和田秀樹先生のベストセラーの本『80歳の壁』。また和田先生は何冊も関連の本を出版されています。つい最近は鎌田實先生の『60歳からの忘れる力』（幻冬舎、２０２３年）を丸善で見つけて読んでいます。これらの本は私達の老後を少しでも実りあるものにするためにとても参考になります。

アメリカ移住は大変です　——２０２０年1月10日

移住許可がおりてほっとしたと思ったら、今度はNational Visa Centerからの様々な細かな質問に振り回されています。使わなくなった古いパスポートのスタンプの消えそうな日付を読んで、最近の5回のアメリカ往復の入国日、滞在日数を調べたりしています。

10年前まで永住権をもっていて、保夫さんが若年性アルツハイマー型認知症で帰国したことを証明しなければなりません。とにかく詳しく私のことを調べまくる感じです。これまで日本国内でも移動が多く、人一倍引っ越しの多い生活だったので、それも大変な要素になっています。この調査には1～2か月かかるようです。それがすんだらアメリカ大使館の面接があります。まだ、資格があると思っていた65歳からの国民健康保険（メディケア）を使うようなことをいったら、即、アメリカ移住拒否とのこと。去年トランプ大統領が制度を変えたようです。イラクとの関係など米国を取り巻く環境が厳しくなっているので、余計に移民制限が厳しくなっています。忍耐が要求される移住申請ですが「ケセラセラ」と割り切って、終活にも励んでいます。

天国にいる保夫さんへ　――2020年2月8日

早いものです。今日、2月8日で丸3年になります。69歳10か月で亡くなりました。私は「田渕さん、元気になったわね」と同じマンションに住む人に声をかけられるようになりました。ここに至るまで、何度も「保夫さんが生きていてくれたらなー」と思うことがありました。結婚生活は42年になります。二人で人生を切り開いてきたという実感があることは嬉しいことです。それでも一緒に過ごす老後が介護になってしまったことは残念、無念と悔しい思いをしています。保夫さんは私が一人になっても困らないようにと遺言書を書いてくれていました。「お金は命の次に大切です」と言われていますが、アメリカの年金もあるので本当に助かっています。

「何か変」と感じて帰国し、「軽度の若年性アルツハイマー型認知症」とわかりましたが、ほんの初期には、保夫さんは元同僚のいる職場で働けるようになって生き生きしていました。三井記念病院の精神科にお世話になったのは私の妹のおかげと感謝しています。目黒の「いきいき福祉ネットワークセンター」、葛西の「フリーサロンあしたば」、「彩星（ほし）の会」、「認知症の人と家族の会」の東京都支部と富山県支部の「笹川合宿」、江東区の「すこやかホーム」や「リキケア」、「青梅慶友病院」、「三井陽光苑」とずいぶんといろいろな所でお世話になりました。

「どうしてこんな嫌な病気になったのだろう」と嘆くこともありましたが、「自分だけではない。こんなに仲間がいる」ということが生きることの励みにつながったのだと思います。私もそうだったからです。帰国して保夫さんが軽度認知障害（ＭＣＩ）

と診断されてから13年、今振り返っても長～い大変な年月でした。二人の息子達とその家族も支えてくれました。次男はサンフランシスコ郊外から何度も訪ねてくれて、息子達は「お母さんは大丈夫と言っているけれど、何かあったら僕達面倒見きれないから、お父さんをどこか施設に入れてください」と言っていました。そこで、私の母もお世話になった青梅慶友病院に入院してもらいました。そこで家の近くの三井陽光苑に入所可能になるまでの一年半を過ごしたのです。

これだけは言えると思います。排泄問題（排便）が出る頃は、介護者も相当疲弊しています。もう限界を超えていると思います。あとで後悔しないためにもいろいろと手を尽くすべきなのでしょう。

すぐ近くの映画館で『ＣＡＴＳ』をやっています。2度目ですが今日の記念にと思い出かけました。今住んでいるマンションは便利だし、住み心地も眺望もとても良くて気に入っています。でもサンフランシスコ郊外に住んでいる次男一家から同居の誘いを受けた時は、迷わずすぐに決断できました。長い道のりですが、東京オリンピック前には移住できたらと願っています。保夫さんの眠るサンフランシスコ湾もすぐ近くになります。私ももちろん同じく、ゴールデンゲートのすぐそばに散骨してもらいます。海は世界中につながっているので、心もなごみます。なんて素敵な決断だとニンマリしています。

終活と思いながら、移住の準備で写真の整理、本の整理、書類の整理を少しずつ進めています。写真は整理したつもりでも、段ボール2箱分はあり、子育て中の可愛かった息子達と、孫達を比べてみたりしていると、これ以上の整理は今できないのです。書類の中には「認知症の人と家族の会」の会報『ぽ〜れぽ〜れ（富山県支部版）』に載せていただいた私のエッセイもたくさんあります。きちんとした整理がなかなかできず、集中力、根気、体力がなくなってきたなと感じています。保夫さんの望みに反して日本に帰国しましたが、「でも、これで良かった。これしかなかった」と思っています。

「それが人生というもの」フランス語で〝セ・ラ・ヴィ〟と言います
――２０２１年5月10日

コロナ禍のために、私のこれからの人生も計画通りとはいかなくなりました。

2年2か月もの間、移住ビザを取得するための準備をし、大変な思いもして、自分でも驚くほどの行動力を発揮したのにもかかわらず、移住を断念しなければならない状況になってしまったのです。長男は「75歳のお母さんが、仕事仲間でも無理なことをやってのけた」と驚いていましたが……。

「以前僕達家族で住んでいた頃のベイエリアではない」と、一緒に暮らす予定の次男に何回か言われましたが、老い先短い（？）私には、懐かしさと、3人の孫と身近に接することができる日常がたまらなく嬉しく、待ち遠しかったのです。それに孫達に日本語を教えてみたいとYMCAのクラスにも参加して、準備を重ねてきました。

しかし、コロナ禍が原因で不動産バブルが起きて、人気のサンフランシスコのベイエリアはただでさえ高いのに、あっという間に不動産価格が40％も値上がりしました。そんなに大きな家でもないのに、1億8千万円なんてお金は出せませーん！おまけに、私達の希望するインロー・ハウス（一部屋に別のトイレ、バス、キッチンのついたもの）はとても人気で、買おうとすると高値がつけられ、手が届かなくなってしまうそうです。そういう部屋を人に貸して家賃を稼ぐためなので、太刀打ちできないと次男はこぼしていました。

私の移民ビザでは医療費も日本と比べ物にならないくらい高額です。お金が足りないので、何とかしてうんと切り詰めなくてはいけなくなるのでは悲しくなります。老後は少しでも余裕を持って、心豊かに暮らしたいのです。また、ヘイトクライムもあって、孫達3人を私立学校に送り迎えするのも危険な状態だそうです。アジア人は狙われます。そんな中での大谷翔平の活躍は現地に住む人にとってはとても心強いものです。ですが、アメリカンフットボール、バスケットボールの方が人気なので、知らない人も多いです。

そんなこんなで、もう移住はすっかり諦めました！　旅行保険をかけて（全部カバーするそうです）、最長３か月（２週間位が私達にとってはいいかなと思っています）の滞在を楽しんだ方が、双方にとって都合がいいと判断しました。日本の医療制度はとてもいいと評判なのです。

ただ、日本の大地震や風水害の天災には身構えてしまいます。世界情勢もとても気になります。中国の台頭、北朝鮮、ロシアと怖い国に囲まれ、友好的なはずの韓国までが……。日本のおかれている立場に、しっかりと一人一人が反応して、日本の政治・経済に向き合う必要があるとつくづく思います。自戒を込めて、そう思います。コロナ禍も終息したわけではありませんしネ。

私ってアメリカ人⁇　そして新しい生活へ　――２０２２年１月13日

私は物事を「合理的に考える」と高校時代は先生からも思われていたようです。友達からも私はゴーイングマイウェイと思われ、自分でもそう思ってきました。

結婚してからも、どうしても日本の家族制度になじめず、「私、田渕家に嫁いだのではなく、田渕保夫と結婚したのだから。もうとっくに家制度なんて廃止されているのよ！」。長男である保夫さんに結婚早々からその考えを押しつけていました。夫である保夫さんから「わかったよ！　わかっておくよ！」と言われていました。両親にはせっちゃんは姿かたちは日本人でも、アメリカ人だからと言っておくよ！」と言われていました。栃木県出身の保夫さんは板挟み？　でも、彼なりによく協力してくれました。

17年近くの長い年月をアメリカ・サンフランシスコ郊外で過ごし、当時小学校6年生、小学校1年生の息子たちの子育てをしました。その間、ESL（英語が第二母国語の人のためのクラス）、7年間の小学1年生の国語（英語）のクラスでのボランティア活動、PET（親の役割を効果的に果たすための訓練）で、創始者のゴードン博士のトレーニングを受けたことや、現地の日本人相手に私自身の講座を何回か開いたこと。アメリカ流の日本の生け花のクラスに参加したこと。バイセンテクラブ（ダンスの社交クラブ）に夫と一緒にメンバーになって社交ダンスを楽しんだりもしました。極めつけは長い間夫と一緒にアルゼンチンタンゴ（アルゼンチンタンゴと言ってもショーダンスとはかなり違ったものですが……）をサンフランシスコ郊外に住む人達と楽しんだことです。そして5か月間、アルゼンチンでパグ犬と一緒に暮らしたことです。でも、これが日本帰国につながりました。私も多少違和感を持ちましたが、翻訳をしながらのアルゼンチンの滞在は夫が強く希望したことです。仕事での限界を感じて、変調をきたした夫は、それでも、元のアメリカでの生活に戻りたかったのでしょう。うつ状態に陥っていた私は、一人で、日本帰国の航空券を手配し、強引に日本帰国を果たしました。「僕はおかしくなんかない、せっちゃんの方がおかしいので日本に戻る」と保夫さんは主張していました。確かに私はうつ状態がひどくなり、やっとのことで生きていたという感じでした。

医療費がバカ高く、全て英語で対処しなければならない米国を避けて、日本に戻ってみると、夫は若年性アルツハイマー型認知症とのこと。おまけに私はひどいうつ状態。口もきけず、食べ物も喉を通らず、激やせで無気力状態。妹の助けで、やっとの思いで東京に居を移すことができました。夫は、元の勤務先の上司のおかげで、イギリスの銀行で一年半近く定年まで働くことができたのは、本当に幸運なことでした。

それから10年近く夫の若年性アルツハイマー型認知症の介護が続きます。5年前の2月8日に夫は特養「三井陽光苑」で息を引き取りました。夫婦で日本尊厳死協会の会員だったので、延命治療は避けた穏やかな死でした。思い出のサンフランシスコ湾に二人の息子とその家族と友人で散骨できたことは、心に残る良い思い出になりました。海は世界中につながっているからです。

私は夫のいない寂しさを紛らわせるためにも、カルチャーセンターに通いました。コーラスのクラスに参加したり、映画館に通ったり、ヨーロッパやアフリカのグループ旅行に参加したりしました。夫が生きていたら、一緒に海外旅行を大いに楽しんでいたのにと寂しさが募ってくるばかりです。

私の住むマンションの近くに英会話の学校を見つけました。忘れかけている（?）英語を楽しむのが一番性に合っていると思えました。クラスは違っても熱心に通う男性と話したり、（もうすぐ移住する予定なので）近場を散策する機会を作ったりして楽しい日々を過ごしました。

次男一家と一緒に住んで、3人の孫達に日本語を教えることにも使命を感じながら、米国移住の準備をしていましたが、コロナのこともあり、諦めざるをえませんでした。英語学校で知り合った彼とはその後もずっと交際を続けています。難しいと言われている移住ビザは９月末に期限が切れました。旅行者として渡米したほうが保険も十分かけられるし、最長３か月は一度に滞在できるので、かえって気は楽になりました。車の運転はもうしないことにしましたし、サンフランシスコ郊外の不動産も手が出ないほど高くなっているからです。

振り返ってみれば、ずいぶん前からいずれ必ず訪れる老後のことを、本を読んだり、人の話を聞いたり、資料を集めたりしていました。そんな私の目に飛び込んだのが、とある物件でした。所有権方式で、どこよりも広くて自由がきくフージャース ケアデザインのDuo Scene（仏語で、自分らしく輝ける舞台の意）シリーズのものでした。こんなの初めてと思いました。アメリカのＣＣＲＣ（Continuing Care Retirement Community）を研究して日本の事情に合うようにデザインされています。居住面積も59平米はあるし、引き続き三井記念病院でいろいろな治療を受けられるし、日本食は体にいいからと思い、住んでいるマンションを売りに出しました。決断してから約

3か月のスピード入居です。お付き合いを始めてから約2年の彼の手助けなしには、引っ越しもこんなにスムーズには行かなかったことでしょう。

そういえば前のマンションで知り合った7歳年上の親友は、「うちではあなたのことアメリカ人と言っているのよ」と言っていました。知り合った頃からですから、かなり鋭い見方です。今度のことでも息子がネックと言われていました。そういえばアメリカと日本ではかなり反応が違います。ダンスで知り合った一つ年下の元看護婦の彼女のボーイフレンドは、現在4人目です。決して浮ついた人ではなく、アメリカ人にしては地味で質素な感じの人です。長年アメリカに住んでいた時も、周りは再婚だらけ。「私の元彼は、元夫は……」という会話を大きな声で電車の中で話すお国柄ですから……。

76歳の私でも、彼がいるということは、息子達にとってもメリットがあると思っています。お母さんのことは、心配しなくてもよくなったからです。次男一家はカリフォルニアに住んでいるし、ＩＴ関連の仕事で長男はとても忙しくなっているのです。15年以上も夫（若年性アルツハイマー型認知症）を担当し、私（双極性障害・躁うつ病で、ゲーテ、ゴッホ、ヘミングウェイ、チャーチル、フルシチョフ、ビビアン・リー、夏目漱石、田宮次郎、北杜夫なども罹患）も診てくださっている三井記念病院の精神科の先生に、「何とか息子達と協力して楽しく暮らしたい」と話をしたところ、「ハハハ、それはムズカシイ！」と言われてしまいました。7歳年上の友人からも「田渕さんだからできること、田渕さんにしかできないこと」と言われています。35年以上もアメリカに暮らす次男の反応は、また違います。

そーか、やっぱり私はアメリカ人？？？

終章

出会った方々、〝人〟に恵まれた人生、ミッションがある

「王様であろうと、百姓であろうと、自らの家庭で平和を見出す者が一番幸せである」

――2020年1月8日

タイトルとして引用したのは、有名なゲーテの言葉です。自分の周りを見渡してみても「言えてるな」と深く心に刻まれた言葉です。ある人は定年になり、ある人は自分の体が思うようにならなくなった頃から、自分の来し方行く末を思うことが多くなることでしょう。子どもが独立し、孫までできる頃になると尚更です。「過去は変えられないけれど、未来は変えられる」そんな言葉を心に刻みながら生きていることもあるかと思います。輝かしい学歴や職歴があっても、それは安心の老後につながらないかもしれません。そして「お金は命の次に大切です」という言葉が現実味をおびてきます。

高校生の時の英語の教科書に"Happiness consists in contentment"（幸福とは満足なり）という言葉がありました。この言葉は今でも時々思い出します。また小説家の曽野綾子さんはこうも言っています。「暖かいベッドがあり、毎日の食事に不自由せず、清潔な衣服を身にまとうことができ、お風呂にも自由に入ることができる」のであれば、世界基準からみればかなり恵まれた人生だというのです。私は幸運なことに大きな風水害、大地震、火事には今のところ見舞われずにすみました（サンフランシスコ大地震には遭遇しましたが、郊外の我が家ではプールの水が波打ったり、後で壁にヒビが入っているのを見つけたくらいでした。市内で働いていた保夫さんは帰宅するまで大変でしたが……）。保夫さんは若年性アルツハイマー型認知症になりましたが、亡くなってから4年近くになります。過ぎてしまえば私は幸運に恵まれ、幸せな人生だったと感謝しています。

「知ること即ち愛」「清く、正しく、強く」――2021年4月13日

52歳で亡くなった私の父の親友で、保夫さんの就職のお世話をしてくださった方に、1987年の渡米の際、色紙に座右の銘を書いてくださるようにお願いしました。何度もの引っ越しで色紙は手元にありませんが、言葉は深く心にきざまれています。

「知即愛」（知ること即ち愛）、当時〝親業〟に夢中だった私は、あら、これは〝おやぎょう〟そのものと感動したものです。ＰＥＴ（親業）はその頃日本でも米国でもよく知られていました。保夫さんと次男と一緒にサンフランシスコからロサンゼルス近くまでドライブして、創始者のゴードン博士にお会いでき、後に博士の講座を受けることもできました。サンフランシスコで日本人を対象にした講座も開きました。博士は来日もされました。ノーベル賞を受賞していたら、もっと多くの人がＰＥＴを学び、世の中も違っていたのではないかと思われ、とても残念に思います。

別の色紙には「清く、正しく、強く」と書かれ、強く生きなければいけないとおっしゃったのは、ご自身の経験から言えることなのでしょう。75歳になる私も強く生きなければと思っています。

絵本作家のターシャ・テューダーは日めくりカレンダーの中で「夢に向かって自信をもって進み、思い描いた人生を生きようと努力するなら、思わぬ成功を手にするだろう。これは私の大好きなソローの言葉です」と述べています。私もこの言葉に励まされています。そして、その時その時できることをして、思い描いてきた人生を生きようと努力してきました。ターシャの言葉でもう一つ。「これまでの人生は無駄だったなんて、どうして思う必要があるでしょう。そう思う人がいたら、残りの人生を、これまでの分まで楽しんでと、言いたいわ」前向き思考の言葉ですね！

10年前のあの日　――2021年3月11日

3月11日午後2時46分、18階の我が家でも大きな揺れを感じました。壁にかけてある写真やカレンダー、天井からつるしてある電気が大きく揺れました。外を見るとなんだかビルまで揺れているみたい。でも落ちてくるものは何もないので、私も少し落ち着いていられました。当時保夫さんは江戸川を渡った川向こうにある「なぎさ和楽苑」のデイサービスに通っていました。揺れが収まってから自転車で橋を渡ってそこに向かいました。途中地面から水が噴き出しており、帰宅途中のサラリーマンで道も橋も結構混んでいました。着いて保夫さんに会ったら、それまでよほど怖かったのでしょうか、「こんなに嬉しそうな保夫さんの表情を見たことありません」と介護の人に言われました。私も無事な保夫さんを見て胸をなでおろし、自転車を押しながら歩いて一緒に帰宅しました。マンションのエレベーターは動いていました。免震住宅はありがたい！

30年で70%の確率で大地震があるとか、10年以内で東京直下大地震の可能性と聞くたびに「いつ?」と非常に気になります。避難場所はこのマンションなので、水とトイレと多少の食糧の用意はあります。NHKの災害、水害、地震、気候変動に関する番組は、録画して時々見ることにしていますが、災害はいつ来るのか? 私にはどうしようもないと腹をくくるしかありません。

私の英語でのコミュニケーション能力? ——2021年10月7日

コミュニケーションとは態度70%、声の調子23%、言葉は7%で成立していると学びました。親しい人であればあるほど、言葉よりも態度や声の調子で相手が何を言いたいのか、どう思っているのかがわかります。

海外から来ているお相撲さんは、日本語が素晴らしい人が多いなと思っています。若い時から24時間365日間裸で鍛えられ、記憶力、理解力がすぐれていると、母国語と同じように話せるようになるという良い例だと思います。

私は「それほど長くアメリカに住んでいたので、英語はぺらぺらでしょ?」と言われてしまいます。「そーね、何とか暮らしてはいたけど……」と、面倒くさいのでそう答えることにしています。英語を第二母国語とするコミュニティーの英語クラスでは何年か「中級の上」クラスに居座っていました。発表やエッセイの多い上級クラスは生活に追われている身にとっては負担になるし、担任の先生が素敵な方だったからです。それでも現地の人との交わりは度胸と愛嬌(?)で、何とかこなしてきたものです。

保夫さんの英語が本当に素晴らしいので、一緒にいる時はどうしてもお任せになってしまいます。それに現地の人のスピードだと聞いて理解することはできても、話すことがついていかず、どうしても「だんまり」になってしまいがちです。「私の英語はゆっくりだし、言葉がすぐに出ないので、聞きづらいに違いない」と思うからです。その点書くことは辞書を引きながらできるので、次男や友人達と英語で交わすEメールでのコミュニケーションにはあまり困りません。先日次男から「お母さんの英語うまくなったね」と言われて気を良くしています。ゴードン博士のスピーチのテープを起こし、内容のよく理解できるスピーチを何度も聞いているからだと思います。

喜代子ジェネルさんのお花のクラス ――2023年3月3日

サンフランシスコに住んでいた時にお世話になったお花の教室があります。ベイブリッジを渡った所にあるアラメダ市で、アメリカ人の旦那ポールと暮らしている喜代子さんの自宅です。

早朝にお花をサンフランシスコ市内の市場で準備してくださっています。普段は7~8名の参加です。お花を生け終わった時は各人の生け花のコメントをもらい、テーブルを片づけた後は、皆で食事の準備です。テーブルクロスをしき、上等な器に盛った喜代子さんの手作りのおいしい料理を食べながらのおしゃべりはとても楽しいものでした。ここまでしてくださる方はいない、こんな楽しいお花の教室はここでしか経験できないことと感謝しています。現地で暮らす人達のお花を通してのサポートグループになっていました。お花は新池坊スタイルですが、アメリカ流に喜代子さんがアレンジして、華やかでとても素敵なものでした。クリスマスシーズンが近づくと赤いローソクがメインに飾られた美しいお花をテーブルの中央に飾ります。お世話になっているコリンズ先生やミセス・ヨシオカにプレゼントして喜ばれたものです。

今年、日本への帰国が最後になるということで、4月に山王ホテルでお花のクラスのリユニオン（同窓会）があります。今からワクワクしながら待っています。お花のクラスの仲間とこうして集まるのは20年ぶりかしら？　サンフランシスコ在住の生徒さん達とはすでにリユニオンが開かれていました。ボートピープルで、お花屋さんを喜代子さんの助けを借りて経営しているベトナム人の方も参加されていました。先生の自宅で、様々な背景の人達が一緒に集って、お花を生ける機会があることをどんなに皆さんが楽しみにしていたことかと思い浮かべています。先生のように服のセンスもお花同様とても素敵で、バイタリティあふれた日本人女性とお知り合いになれたことが、いい思い出として残っています。

ちなみに喜代子さんは、来年90歳になるそうです。「明日は来ないかもしれない」としみじみ感じておられます。また先生はハワイで俳句を学んでいます。以下にご紹介します。

五月晴れ、薄く紅引く、米寿の賀
米寿なを、白寿夢見て、五月晴れ

来年再び、今度はハワイでリユニオンの予定です。

息子達のようにアメリカ人になりたかった私　――2023年3月3日

日本では二重国籍が認められていません。先進国の多くは二重国籍が認められているようです。もし、日本でも認められるようであれば全然問題はありません。海外の多くの日本人はそう願っていることでしょう。

北朝鮮の拉致問題未解決の報道を見るたびに、アメリカだったらこんなに長引くことはない、と思います。あんなに努力して、苦労しても未だに報われず、会えないとは……。この一件だけでも、アメリカの方が自国民を守ってくれると思わざるを得ません。ですから、息子達がどこの国でも活躍するために、彼らの命を守ってくれるアメリカ市民権を取得できたことは、とても良かったと思っています。永住権をもっている日本人は、何かあった時には、アメリカ大使館に逃げ込んだ方がより安全と思っています。

それに民主主義を標榜する日本には未だに「同調圧力」「出る杭は打たれる」「家族制度の踏襲」「能ある鷹は爪を隠す」という文化が根付いています。自由に生きようとすると、周囲と摩擦を起こしたり、叩かれたり、排除される危険性が無きにしも非ず。世間に縛られて、自由や希望を持てなくては生きる気力も失せてきます。日本の高齢者は医療の進歩で長生きはできても、あまり幸せそうには見えません。アメリカでは、経済的余裕があれば、私のお花の先生の喜代子さんのように、高齢になって、温暖な気候に恵まれたハワイに移住する話をよく耳にします。私も保夫さんと一緒にアメリカの高齢者用住宅をいくつか見学しましたが、羨ましくなるような施設や環境です。

でも、自由のある、今私の住んでいるシニア向け分譲住宅で過ごせることは、身の丈に合った最善の選択だったと今は思っています。その名も「自分らしく輝ける舞台」という意味のフランス語〝Duo Scene〟シリーズのものです。老後を過ごすには

「安心・安全・快適」に恵まれていると感謝しています。

二人の息子達の話――息子自慢？　――2023年3月17日

当時11歳（小学校6年生）の夏休みに渡米した長男は家の目の前の小学校で一年間過ごしました。中学は同じく公立の近くの学校で2年間過ごしました。

中学校では歴史の先生に好かれ、友達にも好かれてブレイクしたようです。公立高校は1年で辞めて、父親の帰国のため、アメリカンフットボールのできる、また観光地でもある私立高校で寮生活を3年間送り、フットボール、音楽（歌）、絵画で青春を謳歌しました。ちょうど、日本がバブルの時代で、近くの有名なゴルフ場を買収する話が出たりしたので、「日本人は帰れ！」の反発があり、ずいぶん辛い思いもしたようです。奨学金のオファーがあり、バンク・オブ・アメリカ賞までもらったのに音学大学には進まず、上智大学と関連があり、サンフランシスコの丘の上にある見晴らしの良い大学でインターナショナル・ビジネスを専攻しました。大学在学中、ジャパンクラブを立ち上げて、日本人同士との交流を図ることもしました。そのためもあり、日本語には不自由していません。アメリカ市民で、現在はIT業界で働いています。家族は妻と息子です。

6歳（小学校1年生）で渡米した次男は目の前の小学校に4年間通いました。父親が帰国した際は調布のインターナショナルスクールに1年半通って、元々通っていた小学校に戻りました。運動神経抜群で、フラッグフットボール、野球、サッカー、アメリカンフットボールといろいろこなしました。ユーモアのセンスもあり、人気者です。いろんなエピソードの持ち主です。ハイスクールではアメリカンフットボール選手で、女の子にも大モテでした。ホームカミング・キング（生徒間の人気投票）には3年の時に選ばれました。そして、一年先輩のチャーミングな彼女とハードル競技で知り合い、後に結婚しました。次男は2年間のコミュニティーカレッジを終えた後、スイスにあるアメリカの私立大学を卒業しました。スイスでの2年間が人生における最高の2年間と感じているようです。その大学の影響で、現在はアフリカ専門のスペシャリストとして活躍しています。二人の息子達はボルダリング、サイクリング、サッカーで活躍しています。末娘は体操です。次男はフランス語も得意です。日本語は「聞く、話す」はよくできるのですが、「読み書き」ができません。働いているトラベル業界で、賞を5つもいただき、認められる存在になっています。

息子達がPETとアメリカの教育に出会えたこと、親としてもとても幸せで、良かったと思っています。

息子達にしてあげられなかったこと ――2023年6月10日

「おいしいものは心を豊かにします」

そうは言っても、私は家庭料理で息子達の心をぐっとつかむことはできませんでした。心理的な抑圧状態（?）もあり、意識には上らなくても、双極性障害の軽いうつ状態もあったのだと思います。渡米したての頃は、コリンズ先生のために日本のお弁当を作ってあげていました。それでずいぶん喜ばれたものですが、息子達が成長するに従って、ご飯をきちんと準備できなくなりました。

人を我が家に招く時はＢＢＱと決めて、買い物準備から、料理まで保夫さんと一緒です。ピザをとったり、おにぎりを作ったりしていました。カリフォルニア米はおいしいのです。

長男が寮生活を始め、次男が高校生活を始めると、次男にはそこにお金があるから、それで何とかしてという状態でした。保夫さんは文句も言わず、「じゃ、ベトナムのフォーでも食べに行くか」と車を出してくれました。ライスヌードルとして今は日本でも食べる機会はあるものの、当時は日本のうどんの代わりでした。

クリスマスが近づくとターキーの焼き方などをＥＳＬ（英語が母国語でない人達の英語教室）で教えてくれたこともありましたが、とうとう作らずじまいでした。おいしいところを探して出かけました。今も昔も外食が多いのです。

次男はよく友人の家でご馳走になっていました。特に親友の家では息子扱いです。親友のお母さんから料理を習い、次男が私にふるまってくれたことが何回もあります。

レストラン並みの盛りつけと料理の味でした。これは内緒にしておきたくなるような話ですが、ある時次男は友人宅で何人かの大人と一緒にＢＢＱをご馳走になっていました。「よく食べるね！」と言われ、「だってお母さんご飯作ってくれないんだもん」と答えたら、笑われたそうです。「僕、本当のこと言ったのに！」とは次男の弁。人気者の次男は、よそのお宅で度々夕食を共にしたようです。おかげで、長男も次男も料理上手です。これを「けがの功名」というのでしょうか？

日本では数多くのお惣菜屋さんがあり、コロナの影響でお弁当屋さんも増え、選択肢が増えて、どれにするか迷うことも度々あります。私がよく料理したのは、肉団子、餃子、カレー、チャーハンぐらいです。これはおいしいと言ってもらいました。

いずれにしても、暖かな理想的な家庭とは「お母さんのおいしい食事がお腹いっぱい食べられて、ガミガミうるさく言わない両親がいて、子ども達を一人の人間として尊重している」。そんな家庭であれば、申し分ないのでしょう。至らない母親でごめんなさいね‼

ことほどさように頼りない母親でしたが、良かったなと思うことは、アメリカの教育と文化に触れて育った息子達が、今、幸せなことです。

残された人生を前向きに楽しく生きるための模索　――2023年3月20日

77歳の喜寿を迎え、いよいよ私なりに本格的に老後の準備を考えなければと思うようになりました。そんな時、最近話題の和田秀樹精神科医が書いた『80歳の壁』がとても参考になりました。

保夫さんが存命の頃、私達の通ってきた道はちょっと特殊だし、是非本にして残したいねと話していたことがあります。今が「その時」。条件が揃っていると思い、幻冬舎ルネッサンスに依頼することになりました。今まで「認知症の人と家族の会の会報『ぽ～れぽ～れ』富山県支部版」に載せていただいた原稿が中心です。私自身のことはぎりぎりまで解放し、正直に語らなければならない、いい格好をしないことと自分に言い聞かせています。「開き直り」です。私はこうやって生きてきた、こうしか生きてこられなかったと語ることで、自由な気持ちになれるし、出会った方々への感謝の気持ちが伝わるのではないかと考えています。やっと私の双極性障害（百人に一人の割合で罹患）を公にする気持ちも出てきました。そうしないとわかってもらえないと思うからです。帰国してから長い間三井記念病院の精神科に通い、カウンセリングを受けて自己受容もできました。「自分はこれでいいのだ。間違った人生なんて歩んでいない」という思いです。「神は力に余る試練を与えない」という言葉にも納得しています。

保夫さんの死後3年たって、ボーイフレンドができました。彼とは2019年4月に近くの英会話スクールで初めて出会い、そして翌年3月からお付き合いが始まりました。彼はIQが高く、いろいろなことを経験しているので、Cleverです。そのせいか定年後始めた英会話の進歩もなかなかのものです。これからの人生を共に生きるためにはピッタリのパートナーを見つけたと思っています。すぐ近くに引っ越してきてくれました。

日米の生活の違いはどこから来ているのか、私達が憧れている人達の生活ぶりはどこから来ているのでしょう?

進歩的と言われる白人中間層の中での生活は、民主主義が根付いているアメリカと、民主主義国家と標榜しながら、未だに根強く残っている封建主義的な日本の違いを際立たせてくれます。そしてこれがそれぞれの文化に深く根ざし、生活の違い、生きる意欲や好奇心の違いに現れてくるのだと思います。言葉が母国語のようにでき、経済的にも困らず、運転も問題なくできるようであれば、やはりアメリカで暮らせることは大きな魅力です。

私のパートナー

お互いの家の近くの英語学校で知り合ったのですが、当初私はアメリカ移住許可が下りて、渡航するまでの間、広島、長崎、鎌倉などを一緒に訪れることのできるトラベルメイト（旅友）が欲しいと思っていました。約半年の間、あちこちを旅して、お互いの人生を回想録風に語り合ううちに互いに惹かれていきました。特に、かつてゴールデンレトリーバーを飼ってかわいがっていた話は私の心に響きました。母子家庭で育ち、苦労も多かったことでしょうが、苦労を苦労とも思わず、たくましく生きてきました。

彼は私より11歳年下のため「私が騙されている」と見る人も、当初は何人もいたし、「いい年をしてボーイフレンドなんて」と嫉妬する様子も窺えました。けれど事情があって、独り身の女性には「私も伴侶を探したい」と元気づけることになったと思っています。日米にまたがる面倒な手続きは、77歳になると御免被りたいと思うし、彼も独立して一人暮らしも長いので、今更という気持ちもあります。結婚指輪を彼の左手薬指にはめてもらい、スープの冷めない距離にお互いが住むことで合意しています。こんな関係もなかなかおつなものです。

彼は退職後、これからは「介護と英語」と思い、介護職員初任者研修を受け、英語の勉強も続けています。私と知り合ってからも熱心に英語の勉強（Duolingo）に取り組んで、実力をつけています。離婚後地方都市から出身地の東京に戻り、デイサービスのドライバーを3年ほどしました。ユーモアもあり、どこに行っても人気者です。

長男は私のことをオレオレ詐欺などにも騙されやすいと思っているようです。私達がお互いにわかり合うには長ーい時が必要なのでしょう。これはなかなか難しい問題だと、私は今になって気づいています。彼との出会いはまさに「偶然とは神による匿名行為」と私は思っています。アインシュタインが遺した有名な言葉だそうですが、偶然の出会いは、科学の世界のみならず、私達庶民の生活の中でも、人生のターニングポイントになるのではないでしょうか。

また、本書を出版するにあたっても、パートナーの協力が必要不可欠でした。この場を借りてお礼を伝えたいと思います。ありがとう。

あとがき

「自分を大事にできなければ、人を大事にできない」ということで、自分が大事で潰れないようにして、前に進めるように努力してきたつもりです。保夫さんと夫婦二人で、ＰＥＴ（ゴードン博士のコミュニケーションの方法）を学んだおかげで、「あなたも大切、私も大切」がかなりできたのではないかと思っています。民主的な夫婦関係に近くなり、お互いに対する不満はありませんでした。良い夫に恵まれたと感謝しています。

ゴードン博士のコミュニケーションの方法は惜しくもノーベル平和賞を取り損ねましたが、「リーダー訓練法」「教師学講座」「親業訓練講座」「看護ふれあい学講座（中井喜美子）」が学校や、公民館などで広く体験学習を通して学ぶことができるようになれば、日本が大きく変わると確信に近いものを感じています。

立川の英語学校で先生達と一緒におこしたゴードン博士のテープには、どの国（アメリカ、イギリス、ニュージーランド）からの英語の先生も夢中になりました。民主主義とはどんなものであるのか具体的に示されているからです。人間関係の基本ルールです。

私達夫婦がアメリカに旅立つまで、また私の家族全員がそれぞれに何らかの形でお世話になった方々は、今は私の父母を含め、皆亡くなっています。お世話をしていただいたのは「私の父の人徳」と思うことにしています。

すでに鬼籍に入られた、金次博様、前田泰男様ご夫妻に心より感謝を申し上げ、ご冥福をお祈りいたします。

最後に、この本を手に取ってくださった読者の皆様に感謝申し上げます。

著者紹介

田渕 節子（たぶち・せつこ）

昭和20年（1945年）９月17日生まれ。

都立戸山高等学校、青山学院女子短期大学英文科卒。

日本航空（株）客室乗務員･上智大学国際広報室勤務。

夫がバンク・オブ・アメリカ本店勤務のため、通算17年近くサンフランシスコ郊外で息子達と暮らす。

日本では親業（おやぎょう）訓練といわれている、Dr. Thomas GordonのPETインストラクターの資格を有し、サンフランシスコやロサンゼルスで講座を開く。

帰国後、公益社団法人「認知症の人と家族の会」公益財団法人「日本尊厳死協会」の会員になり、夫の若年性アルツハイマー型認知症の介護を10年近くする。

せっちゃんのアメリカ滞在日記《たいざいにっき》
サンフランシスコ生活《せいかつ》17年《ねん》

2024年2月8日　第1刷発行

著　者　　田渕節子
発行人　　久保田貴幸

発行元　　株式会社 幻冬舎メディアコンサルティング
〒151-0051　東京都渋谷区千駄ヶ谷4-9-7
電話　03-5411-6440（編集）

発売元　　株式会社 幻冬舎
〒151-0051　東京都渋谷区千駄ヶ谷4-9-7
電話　03-5411-6222（営業）

印刷・製本　中央精版印刷株式会社
装　丁　　弓田和則

検印廃止

Printed in Japan
ISBN 978-4-344-69016-5 C0095
幻冬舎メディアコンサルティングＨＰ
https://www.gentosha-mc.com/